Elisa Lark

Der Tod lauert im Selbstgebrannten

Provinzkrimi

Kurzbeschreibung

Ein ehemaliger Schulfreund vom Ramsauer Karl wird in seinem Haus tot aufgefunden. Am Tatort wird eine Flasche Selbstgebrannter gefunden und es stellt sich heraus, dass das Opfer ein Alkoholproblem hatte. Eigentlich hat Karl mit einem gesundheitlichen Problem zu kämpfen, aber um den Tod seines alten Freundes aufzuklären beißt er seine Zähne zusammen und beginnt mit den Ermittlungen.

1. Kapitel

05. März, vormittags halb zehn in Niederhaibach

Die Sonne scheint vom Himmel und es hat zum ersten Mal wirklich angenehme, geradezu frühlingshafte Temperaturen.

„Das Wetter ist perfekt, um das Auto zu waschen. Findest du nicht?“, fragt meine Rosi, als sie die Spülmaschine ausräumt, während ich am Tisch sitze und die Zeitung lese.

Natürlich ist das nicht nur eine harmlose Frage, sondern ein indirekter Arbeitsauftrag. Das heißt dann wohl, dass ich heute mit einem erfreuten Grinsen im Gesicht das Auto wasche. Es muss so aussehen, als hätte ich unbändige Freude daran, auch wenn ich mich viel lieber in der Zeit auf die faule Haut legen würde.

So wie meine Rosi mich ansieht, erwartet sie wohl, dass ich auf der Stelle mit der Arbeit beginne. Da wird es wohl nichts mit einem Vormittagsschläfchen auf dem Kanapee. Ich werfe dem gemütlichen Teil noch einen sehnsüchtigen Blick zu, bevor ich mit einem tiefen Seufzen die Küche verlasse und mich auf den Weg in die Garage mache.

Zuerst fahre ich den Wagen aus der Garage in die Einfahrt, anschließend lege ich den Gartenschlauch aus und hole mir einen Eimer warmes Wasser. Im Regal habe ich eine ganze Litanei an Reinigungsmitteln, die ich mir immer wieder mal gekauft habe. Man kann echt nicht sagen, dass ich nicht gut ausgestattet wäre. Es ist vielmehr so, dass ich noch jemanden bräuchte, der das Zeug auch anwendet.

Ich stehe vor den ganzen Flaschen, deren Inhalt in den unterschiedlichsten Farben giftig leuchtet. Leider kann ich ohne Brille nicht entziffern, was auf den Etiketten steht. Daher greife ich einfach wahllos nach der Flasche mit der knallroten Flüssigkeit.

Nachdem ich einen großen Schuss davon in den Eimer gegeben habe, ergreife ich den großen Schwamm, um das komplette Fahrzeug damit einzuschäumen. Als ich etwa zur Hälfte damit fertig bin, kommt Rosi aus dem Haus. Vermutlich um zu kontrollieren, ob ich meine Sache anständig mache.

„Bist du mit dem Innenraum schon fertig?“, fragt sie mit deutlichem Vorwurf in der Stimme.

Verdammt, ich hatte gehofft es würde reichen, das Auto nur außen zu reinigen. Aber wie es scheint meinte meine Frau mit Autoputzen das gesamte Fahrzeug.

„Das mache ich anschließend“, entgegne ich, um zu vertuschen, dass ich das gar nicht vorhatte.

Meine Frau verschränkt die Arme vor der Brust und sieht mich tadelnd an.

„Man putzt von innen nach außen und von oben nach unten!“

Ich schließe für den Bruchteil einer Sekunde meine Lider und stoße den Atem aus. Jetzt einfach ganz ruhig bleiben und mir nicht anmerken lassen, dass ihre Besserwisserei mich wahnsinnig macht.

Wer hat diese Regel eigentlich aufgestellt?

Vermutlich meine Frau!

Als wäre es nicht vollkommen schnurz wann man wo und was putzt. Am Ende ist es doch einfach nur wichtig, dass alles sauber ist. Aber riskiere ich deswegen jetzt eine Diskussion mit meiner Frau? Ganz sicher nicht!

Da ist es doch viel besser, wenn ich einfach meinen Eimer beiseitestelle und mir eine Putzausrüstung für den Innenraum hole. Genau das mache ich auch und verkneife mir dabei einen Kommentar.

Misstrauisch sieht sie mir zu, wie ich vor dem Regal stehe und nach dem richtigen Mittel suche. Das wäre natürlich um einiges einfacher, wenn ich lesen könnte was draufsteht. Aber was soll schon schief gehen?

Ich schütte einfach dasselbe Mittel wie zuvor in den Eimer. Rosi sieht mir mit Argusaugen dabei zu. Ich bin sicher, sie würde kein Blatt vor den Mund nehmen, wenn es nötig wäre. Ohne Umschweife würde sie es mir sagen, wenn ich bei der Wahl des Reinigers falsch liegen würde.

Erst als ich mit dem Kopf voran in den Innenraum kraxle und den Lappen schwinge, wendet Rosi sich zufrieden ab.

„Und vergiss nicht, die Fenster mit dem Fensterleder zu polieren!“, ruft sie mir noch zu, bevor sie im Haus verschwindet.

Es ist gar nicht so leicht in jede Ecke des Armaturenbretts zu kommen, ohne sich dabei einen Hexenschuss zuzuziehen. Mein Kreuz findet das ganz und gar nicht lustig und ich fürchte, dass ich die nächsten Tage auch noch spüren werde, was ich heute hier gemacht habe.

Aber was tut man nicht alles, um die Frau glücklich zu machen. Oder in meinem Fall, um zu verhindern, dass ein Streit ausbricht. Sie lässt es mich immer wieder mal spüren, dass ich ihrer Meinung nach zu viel auf dem Kanapee liege, seit ich in Pension bin.

Ich gebe mir wirklich Mühe, denn ich habe keine Lust dabei zuzusehen, wie Rosi mein Werk verbessert. Doch es wird quasi unmöglich, das Auto so sauber zu machen, dass meine Frau nicht noch irgendwo ein Staubkörnchen finden wird, das sie mir unter die Nase halten kann.

Am besten wäre es wohl, wenn sie gleich selbst den Wagen putzen würde, aber wenn ich ihr das sage, werde ich mich die nächsten Wochen wohl von

Wasser und Brot ernähren müssen und darauf habe ich wirklich so gar keine Lust.

Als verheirateter Mann muss man wissen, wann es besser ist einfach nur die Schnauze zu halten. Und nach so vielen gemeinsamen Jahren weiß man das, oder man ist längst untergegangen.

Mit einigen Verrenkungen versuche ich mit dem Staubsauger auch in die hinterste Ecke unter dem Beifahrersitz zu kommen. Da sieht man mal wieder wie gelenkig ich für mein Alter doch noch bin. Ich bin zu faul, um den Wagen mit dem Staubsauger zu umrunden, um auch unter den Fahrersitz zu kommen. Doch der Schlauch ist zu kurz, um überall hinzugelangen. Daher hebe ich mit einer Hand den Staubsauger an, darauf bedacht damit nicht gegen den Lack zu schlagen, dann beuge ich mich zugleich weit nach vorne, um alles absaugen zu können.

Als ich mit der Reinigung zufrieden bin, richte ich mich vorsichtig wieder auf und schlängle mich aus dem Auto.

Ich sehe an mir herab und stelle freudig fest, dass ich diese Aktion so ganz ohne Hexenschuss, Schaden am Auto oder sonstigen Unfällen überstanden habe. Wie es scheint bin ich noch nicht so gebrechlich, wie es mir der ein oder andere gerne nachsagt.

Da ich den Staubsauger noch in der Hand habe, begebe ich mich zum Kofferraum, dessen Deckel schon weit offensteht. Hier brauche ich den Staubsauger nicht anheben, denn die Länge des

Schlauchs reicht, um alles gründlich absaugen zu können.

Voller Elan und Tatendrang arbeite ich mich durch jede Pore des Teppichs, dessen harte Borsten mir die Arbeit nicht unbedingt erleichtern. Gerade, so klitzekleine Ästchen, die meine Frau bei ihrem letzten Garteneinkauf in den Kofferraum gezogen hat, verhaken sich regelrecht in den Fasern.

Letztendlich zupfe ich mit den Fingern die restlichen Fussel aus dem Teppich und füttere damit den Staubsaugerschlauch. Als ich schließlich endlich fertig bin, richte ich mich in einer Vierteldrehung auf und halte mit einem Mal inne.

Ein schrecklicher Schmerz durchfährt meinen Rücken und macht mich auf einen Schlag völlig unbeweglich.

„Zefix!“, schelte ich, denn mir wird klar, dass ich mir gerade einen Hexenschuss geholt habe.

Dabei habe ich zuvor die unmöglichsten Verrenkungen gemacht und da fehlte gar nix. Doch diese kleine falsche Bewegung hat mich mit einem Mal völlig hilflos gemacht. Es ist mir unmöglich mich gänzlich aufzurichten oder auch nur ein kleines Stück zu bewegen. Deswegen stehe ich jetzt halbgebückt über dem Kofferraum und fluche vor mich hin.

Nach einer Weile wird mir klar, dass ich da ohne Hilfe nicht rauskomme. Daher rufe ich nach meiner Frau, deren Auftauchen jedoch auf sich warten lässt.

2. Kapitel

05. März, mittags halb zwölf in Straubing

Normalerweise würde ich jetzt an das Mittagessen denken, doch stattdessen liege ich hier auf einer harten Bahre in der Notaufnahme. Natürlich auf der Seite und zusammengekrümmt, weil ich mich nicht ausstrecken kann. Genau in diesem Moment fühle ich mich wie ein alter Mann.

Meine Frau würde jetzt sagen: „Du bist ein alter Mann!"

Doch das bin ich nicht. Zumindest fühle ich mich für gewöhnlich nicht so. Außer ich habe einen Hexenschuss. Aber wer würde sich da auch nicht wie ein alter Mann fühlen?

„Und hier haben wir den Hexenschuss", sagt der Arzt, als er zu mir an die Bahre tritt.

Ich warte seit gefühlt einer halben Ewigkeit, was definitiv nicht angenehm ist, wenn man bedenkt, welche Schmerzen ich habe. Aber offensichtlich spielt das hier keine Rolle. Da muss man sich eben gedulden, wie die Schwester zuvor so schön gesagt hat.

„Können Sie mir bitte endlich was geben, dass diese Schmerzen aufhören?", frage ich flehend.

Ich kann es kaum mehr ertragen und außerdem tut mir langsam aber sicher die rechte Seite weh, auf der ich schon die ganze Zeit liege. Hoffentlich wartet meine Rosi noch draußen im Wartebereich, denn sie durfte nicht mitreinkommen. Schließlich habe ich nicht vor, hier zu bleiben. Sobald der Kerl mir eine Spritze gesetzt hat, verschwinde ich wieder.

Wie wohl sehr viele Menschen habe ich eine Abneigung gegen Krankenhäuser. Aber es ist nicht nur eine Abneigung, ich hasse die Dinger. Wenn es sich auch nur irgendwie vermeiden lässt dann betrete ich keins. Sogar zu Besuchszwecken schicke ich nach Möglichkeit meine Frau.

Aber heute hatte ich keine andere Wahl. Schließlich ist die Notaufnahme der einzige Ausweg an einem Samstag möglichst schnell an einen Arzt zu kommen. Das Wochenende abzuwarten war keine Alternative, denn das hätte ich schlichtweg nicht ausgehalten. Dafür sind die Schmerzen viel zu stark.

Außerdem kann ich mich nicht aufrichten. Wie also hätte ich mehrere Tage in gebückter Position ausharren sollen?

„Zuerst muss ich mir das mal genauer ansehen", entgegnet er und ich verfluche das verdammte Auto.

Hätte ich es doch einfach nur sein lassen. Aber nein, bei den ersten Frühlingssonnenstrahlen muss ich mich ans Autowaschen machen. Da hilft es auch nichts, dass meine Frau mich in einem klinisch reinen Wagen ins Krankenhaus gefahren hat.

Wenn mir das unter der Woche passiert wäre, dann hätte ein Besuch bei meinem Hausarzt gereicht. Der kennt mich schon und weiß, wo und welche Spritze er mir setzen muss. Ohne mich dafür mit einer Untersuchung zu quälen.

Der Doktor drückt mir seine Fingerspitzen in die Wirbelsäule und in diesem Moment durchfährt mich ein stechender Schmerz, der mich aufheulen lässt.

„Ich sehe schon, wo der Schmerz sitzt", murmelt er für meine Begriffe viel zu zufrieden.

„Das hätte ich Ihnen auch sagen können. Dafür müssen Sie mich nicht so quälen. Ich habe das schließlich nicht zum ersten Mal", entgegne ich schroff.

Leider kann ich mich nicht zu ihm umdrehen, um ihn vorwurfsvoll anzusehen, denn mein gesundheitlicher Zustand zwingt mich jegliche drehende Bewegung zu unterlassen. Als nächstes zieht der Arzt sanft an meiner Schulter. So, als wolle er mich aufrichten.

„Das geht nicht", grummle ich und halte dagegen, denn ich weiß, dass ich jede Bewegung in diese Richtung bereuen würde.

„Wie es aussieht haben Sie einen Hexenschuss, wie man es umgangssprachlich nennt."

Glücklicherweise verzichtet er darauf, mit irgendwelchen lateinischen Fachbegriffen um sich zu werfen. Das kann ich nämlich absolut nicht leiden und schon gar nicht, wenn ich selbst gerade leide.

„Das hätte ich Ihnen auch sagen können“, entgegne ich müde.

Die Schmerzen rauben mir jegliche Kraft und ich möchte einfach nur, dass der Schmerz endlich nachlässt. Egal was er mir für Hammermittel anbietet, ich nehme alles!

„Ich gebe Ihnen eine Spritze. Diese wird Ihre Schmerzen lindern und morgen, spätestens übermorgen sollte auch die Bewegungseinschränkung weitgehend verschwunden sein“, erklärt der Doktor.

Als ob ich nicht wüsste, wie die Behandlung eines Hexenschusses abläuft. Das Wichtigste ist, dass der Schmerz gelindert wird. Dass ich dabei noch ein paar Tage mit einem Hexenbuckel rumlaufen werde, ist mir klar.

„Kann es losgehen?“, fragt er Mann im weißen Kittel nach einer Weile.

Ich drehe mich erst gar nicht um, denn den Anblick der riesigen Nadel würde ich mir gerne ersparen. Dabei muss ich natürlich nicht betonen, dass ich Spritzen hasse. Aber wer tut das nicht?

Ich kann mir nicht vorstellen, dass es jemanden auf der Welt gibt, der es liebt gestochen zu werden. Doch in meiner bescheidenen Situation ist dieser Pieks zweitrangig. Mehr als einen zustimmenden Laut bringe ich nicht hervor, denn ich presse bereits meine Lippen fest aufeinander und rüste mich für den folgenden Schmerz.

„Entspannen Sie sich!“, fordert der Arzt mich auf.

Nur mit Mühe kann ich ein sarkastisches Auflachen unterdrücken. Wie um Himmels Willen soll man sich denn bitte entspannen, wenn man weiß, dass ihm jeden Moment eine dicke Nadel in den Rücken gerammt wird?

Als die Nadel meine Haut durchdringt, kneife ich meine Augen zusammen. Ich hasse diesen Moment und dennoch ersehne ich ihn seit meinem Hexenschuss herbei. Immerhin weiß ich, dass dies die einzige Möglichkeit ist, mich in wenigen Tagen wieder zu regenerieren.

Es schmerzt, keine Frage. Aber das halte ich gerne aus, wenn der andere Schmerz dadurch nur endlich wieder verschwindet.

„Das wars schon“, sagt der Doktor schließlich.

Das Wort *schon* ist an dieser Stelle wohl eher unangebracht, denn die Prozedur hat gefühlt eine halbe Stunde gedauert.

„Der Schmerz sollte bald nachlassen und die nächsten Tage sollte auch die Mobilität zurückkommen“, erklärt er mir.

„Dann kann ich jetzt nach Hause“, erwidere ich und versuche mich aufzurichten.

„Bleiben Sie liegen. Eine Schwester wird Sie ins Zimmer fahren.“

Mein Kopf wirbelt zu ihm herum, doch dabei komme ich nicht weit, weil der stechende Schmerz meine Bewegung quittiert. Die Spritze wirkt definitiv noch nicht.

„Ich habe nicht vor hierzubleiben“, sage ich mit schmerzverzerrter Stimme.

„Aber Sie können sich kaum bewegen“, stellt der Kerl tadelnd fest.

„Rumliegen und auf Besserung warten, kann ich zu Hause auch.“

„Das ist entgegen meines ärztlichen Rates“, sagt er mit strengem Blick.

„Ja, ja schon gut. Das habe ich zur Kenntnis genommen“, winke ich ab.

Der Arzt stößt seufzend den Atem aus.

„Haben Sie denn jemanden, der sich um Sie kümmert?“, fragt er schließlich.

Wie es scheint, konnte ich ihn davon überzeugen, dass ich auf gar keinen Fall hierbleiben werde. Keine zehn Pferde könnten mich dazu bringen.

„Meine Frau macht das schon. Es ist nicht das erste Mal, dass ich einen Hexenschuss habe.“

„Also gut, ich gebe Ihnen noch ein paar Schmerztabletten fürs Wochenende mit. Sollten Sie danach noch welche benötigen …“

„Hole ich ein Rezept vom Hausarzt“, falle ich ihm ins Wort.

„Holen Sie doch bitte Frau Ramsauer“, sagt der Arzt zu der Krankenschwester, bevor er sich wieder an mich wendet. „Bleiben Sie bitte noch eine Weile liegen. Ich bereite die Entlassungspapiere vor und dann können Sie gehen.“

3. Kapitel

07. März, morgens halb acht in Niederhaibach

Morgens aus dem Bett zu kommen ist noch immer am schmerzhaftesten. Denn bis ich aufrecht stehe, dauert es eine ganze Weile. Ich weiß ja, dass so ein Hexenschuss nicht innerhalb eines Tages vergeht und trotzdem bin ich nicht gerade geduldig, wenn es darum geht darauf zu warten, endlich wieder schmerzfrei zu sein.

Auch das Anziehen bringt mich beinahe um. Gerade die Socken machen mir große Probleme. Als ich endlich fertig bin und mich über die Treppe nach unten schleppe, steigt mir der Kaffeeduft in die Nase.

Rosi wuselt schon wieder durch die Küche und ich muss sie für ihren Elan wirklich bewundern. Sie ist nie krank, mal abgesehen von einer Erkältung hin und wieder. Vielleicht liegt es ja doch an ihrer gesunden Ernährung und der regelmäßigen Bewegung.

„Guten Morgen, wie geht es dir denn heute?“, fragt sie mich.

Auch wenn es oft Meinungsverschiedenheiten zwischen uns gibt, kümmert sie sich doch aufopfernd um mich, wenn ich krank bin. Es ist oft nicht gleich auf den ersten Blick zu erkennen, aber sie sorgt sich um mich.

„Es wird jeden Tag ein Stück besser“, antworte ich ihr.

„Du solltest es mal mit Rehasport versuchen“, schlägt sie vor.

Das Wort Sport hat eine grundabschreckende Wirkung auf mich. Dabei ist es nicht so, dass ich erst mit dem Alter schwermütig und faul wurde. Ich war noch nie der sportliche Typ und bin die Dinge schon immer gemütlich angegangen.

„Mhm“, murmle ich.

Auch wenn es sich für meine Frau vermutlich so angehört hat, war dies keinesfalls eine Zustimmung. Ganz sicher mache ich nicht mit einem Haufen alten Leuten Gymnastik. Sich auf diese Weise zum Affen zu machen, ist nicht gerade erstrebenswert für mich.

Als das Telefon klingelt, versuche ich abrupt aufzustehen. Dabei vergesse ich natürlich, dass mein Rücken noch Probleme macht. Erst der schmerzende Stich, der mich durchfährt, erinnert mich wieder daran.

„Zefix“, entkommt es mir und ich lasse mich zurück auf meinen Hintern fallen.

„Ich geh schon“, sagt Rosi zuvorkommend und verlässt die Küche.

„Guten Morgen Hansi“, höre ich sie meinen Kollegen freundlich begrüßen. „Ja, der ist da. Warte ich gebe ihn dir!“

Sie betritt die Küche und hält mir das Mobilteil des Telefons entgegen.

„Für dich, der Hansi."

„Servus Hansi, wie geht´s dir denn?", begrüße ich ihn.

„Du weißt ja; schlechte Menschen geht´s immer gut", antwortet er scherzhaft. „Weswegen ich anrufe, wir haben eine Leiche. Wie schaut´s aus? Hast du Zeit?"

Zeit schon, aber es fehlt mir an Gesundheit. Daher zögere ich mit der Antwort. Vielleicht wäre es besser, diesmal bei den Ermittlungen auszusetzen, bis ich wieder fit bin.

„Ich glaube du kennst ihn."

„Wer ist es denn?", frage ich neugierig.

„Er heißt Miethaner Georg."

„Der Miethaner Schoß ist tot?", frage ich ungläubig.

Er ist mit mir zur Schule gegangen und lebt seit vielen Jahren im Nachbarort. Oder besser gesagt, er lebte dort.

„Was ist denn passiert?", hake ich entsetzt nach.

„Das wissen wir noch nicht genau, aber Rudi arbeitet daran", antwortet er.

„Wo seid ihr denn?"

„Im Haus von Herrn Miethaner", antwortet Hansi.

„Ich komme so schnell wie möglich."

Als ich das Gespräch beendet habe, hieve ich mich von meinem Platz hoch.

„Leider ist schnell für mich derzeit relativ“, murmle ich schmerzverzerrt.

„Soll ich dir helfen?“

Meine Frau eilt an meine Seite und versucht mich zu stützen.

„Es geht schon“, brumme ich und schüttle ihren Arm ab.

Es wird Zeit, dass ich wieder selbständig werde. Immerhin kann ich ja schlecht mit Rosi als Pflegekraft bei der Arbeit auftauchen. Meine Frau hebt abwehrend die Hände.

„Wie du willst“, erwidert sie schulterzuckend und wendet sich ab.

So einfach überlässt sie mich meinem Schicksal?

Ich hätte erwartet, dass sie etwas mehr dafür kämpft, mich noch weiter betüdeln zu dürfen. Scheinbar ist sie ganz froh, wenn ich nicht mehr auf ihre Hilfe angewiesen bin. Offensichtlich hat sie keine Einwände, dass ich mich auf den Weg zur Arbeit mache.

Eigentlich hatte ich ja erwartet, dass sie versucht mich aufzuhalten. Mir einredet, dass ich dafür noch zu krank bin und weiterhin das Bett hüten sollte. Doch da habe ich mich wohl getäuscht. Ich habe den Eindruck, als könne sie es kaum erwarten, dass ich aus dem Haus bin.

„Ich muss zur Arbeit“, sage ich, um ihre Reaktion zu prüfen.

Natürlich ist mir klar, dass sie das bereits aus meinem Telefongespräch mit Hansi mitbekommen hat. Aber insgeheim habe ich wohl die Hoffnung, dass sie mich bittet zu bleiben. Ich mag es eben, wenn ich von meiner Frau aufopferungsvoll umsorgt werde. Vermutlich deshalb, weil ich in dieser Zeit auch immer etwas Anständiges zu essen bekomme. Während der letzten Tage, hat sie auf meine Diätkost verzichtet. Auch wenn sie darauf geachtet hat, dass ich nicht zu viel von allem gegessen habe, war das was sie gekocht hat doch sehr lecker. Ich befürchte dies könnte sich wieder ändern, sobald ich meine Kreuzschmerzen los bin.

„Wer ist denn gestorben?", fragt sie mich.

„Den Miethaner Schoß haben sie tot gefunden", antworte ich ihr.

„Und den kennst du?", hakt sie nach.

„Ja, der ist mit mir in die Schule gegangen."

„Wurde er etwa umgebracht?"

„Keine Ahnung", antworte ich schulterzuckend.

„Dann solltet ihr das schleunigst rausfinden."

Sie sieht mich mit hochgezogenen Augenbrauen an.

„Kann es sein, dass du es kaum erwarten kannst mich loszuwerden?"

Ihre Miene spricht Bände. Wie es scheint habe ich ins Schwarze getroffen.

„Natürlich nicht." Sie flunkert. „Aber es tut dir sicher gut wieder mal rauszukommen."

Vorwurfsvoll sehe ich sie an, doch als sie mich mit einem entschuldigenden Lächeln ansieht, kann ich ihr unmöglich böse sein. Kein Wunder, dass ich diese Frau schon seit so vielen Jahren an meiner Seite habe. Sie passt einfach perfekt zu mir und weiß genau wie sie mit meinen Schwächen umgehen muss.

Dabei habe ich doch eigentlich gar keine Schwächen. Zumindest würde ich sie niemals zugeben.

Mit vorsichtigen Schritten begebe ich mich in den Flur und ziehe dort unter Schmerzen meine Schuhe und die Jacke an. Ich bin ja gespannt wie lange mich dieser Hexenschuss noch begleiten wird. Ich sollte mich daran gewöhnt haben, dass es immer ein paar Tage dauert und doch kommt es mir jedes verfluchte Mal etwas länger vor.

So, als würde es bei jedem Mal ein Stückchen schlimmer. Was vermutlich daran liegt, dass ich dabei immer älter werde. Die Zeit hält eben nicht still und ich werde nun einmal nicht jünger.

4. Kapitel

07. März, morgens halb neun im Nachbarort von Niederhaibach

„Ja sag mal, wo bleibst du denn?“, begrüßt Hansi mich, als ich das Haus von Georg Miethaner betrete.

Als er mich sieht, runzelt er die Stirn.

„Was hast du denn?“, fragt er mich.

Kein Wunder, dass er mir mein Gebrechen ansieht, mir ist es leider nicht möglich ganz aufrecht zu gehen. Auch wenn es mir nicht gefällt, leider kann ich nicht verbergen, dass ich etwas angeschlagen bin.

„Hexenschuss“, brumme ich.

Er verzieht schmerzhaft das Gesicht, als hätte er selbst die Schmerzen. Ich sehe mich um.

„Wo ist denn Simone?“, frage ich Hansi, denn es ist sehr untypisch, dass sie nicht am Ort des Geschehens zu sehen ist.

„Die hat diese Woche Urlaub und ich dachte wir zwei schaffen das auch ohne sie“, erwidert er schulterzuckend.

„Ein Glück, dass du mich hast.“

Er sieht mich schmunzelnd an.

„Wo ist denn die Leiche?“, hake ich schließlich nach.

„In der Küche“, entgegnet Hansi und deutet mir mit einem Kopfnicken an, dass ich ihm folgen soll.

Ich humple hinterher und sehe dabei vermutlich aus wie ein alter Mann. Zumindest fühle ich mich so. Genau genommen fühle ich mich wie eine alte Hexe, die einen Buckel aufwirft. Ich ernte von den Kollegen mitleidige Blicke, die ich ignoriere. Hoffentlich fragt nicht gleich wieder jemand was mir fehlt.

Als ich die Küche betrete und meinen alten Schulfreund tot auf seinem Stuhl sitzen sehe, wird mir klar, wie mickrig meine Probleme im Vergleich dazu sind. Er liegt mit dem Oberkörper vornübergebeugt auf dem Tisch.

Rudi steht neben ihm und untersucht ihn gerade.

„Kannst du uns denn schon etwas über den Toten sagen?“, fragt ihn Hansi.

„Er ist etwa seit zwölf Stunden tot. Es sieht nach einer Vergiftung aus, denn ich konnte Verätzungen in der Speiseröhre feststellen. Genaueres kann ich aber erst sagen, wenn ich ihn untersucht habe“, antwortet Rudi.

„War er betrunken?“, hake ich nach, denn am Tisch steht eine Flasche Schnaps und zwei Gläser.

„Ja, Alkohol wurde in seinem Blut nachgewiesen.“ Er nickt.

„Dann könnte der Schnaps die Ursache für die Vergiftung sein?“, fragt Hansi.

„Das wäre möglich. Wir untersuchen das.“

Ungläubig schüttle ich den Kopf. Ich kann es gar nicht glauben, dass Georg auf diese Weise sterben musste.

„Wenn Gift in der Flasche ist, dann wurde er umgebracht“, murmle ich.

„Es wäre natürlich auch möglich, dass der Schnaps an sich die Vergiftung hervorgerufen hat“, antwortet Rudi.

„War er denn Alkoholiker?“, frage ich entsetzt.

„So meinte ich das nicht.“ Rudi schüttelt den Kopf und deutet auf die Flasche, die auf dem Tisch steht. „Es ist kein Etikett auf der Flasche, also könnte es natürlich auch sein, dass es sich dabei um selbstgebrannten Schnaps handelt.“

„Ich habe das schon mal im Fernsehen gesehen“, wirft Hansi geschäftig ein. „Da können sich giftige Stoffe bilden, wenn es nicht fachgerecht gemacht wird.“

Rudi nickt zustimmend.

„Und daran kann man sterben?“

Ich starre Rudi ungläubig an. Dass man von zu viel saufen im Extremfall sterben kann, war mir bewusst. Nicht aber, dass dies auch der Fall ist, wenn man Selbstgebrannten trinkt. Ich wusste, dass es gefährlich sein kann und sogar eine Erblindung möglich ist. Aber sterben?!

„Wenn der Methanolgehalt zu hoch ist, ja“, nickt Rudi und zuckt dabei mit der rechten Schulter.

Ich sehe mich in der Küche um. Alles hier wirkt unaufgeräumt und trist. In der Spüle steht dreckiges Geschirr und der Boden sieht ziemlich versifft aus. Auch auf dem Flur ist mir der Schmutz und die Unordnung aufgefallen. Doch das passt so gar nicht zu meinem alten Schulfreund.

Wir hatten zwar keinen direkten Kontakt mehr, seit er nicht mehr in Niederhaibach wohnte, sondern mit seiner Frau im Nachbarort ein Haus baute, aber in der Schule gehörte er eigentlich immer zu den Jungs, die ihr Zeug recht ordentlich beieinanderhatten. Natürlich ist das schon Jahrzehnte her und Menschen ändern sich im Laufe der Zeit. Aber das hier …

„Wo ist denn seine Frau?“, frage ich Hansi stirnrunzelnd.

Ich kann mir gar nicht vorstellen, dass eine Frau es zulässt, ein Haus so runterzuwirtschaften. Wenn ich da an meine Rosi denke, die von morgens bis abends durch das Haus und den Garten wuselt und dabei penibelst darauf achtet, dass alles sauber und ordentlich ist, kommt mir das hier gleich noch viel schlimmer vor.

„Die Ehefrau haben wir schon ausfindig gemacht. Sie wohnt in Straubing“, entgegnet Hansi.

Ich sehe ihn zweifelnd an.

„Wieso wohnt die in Straubing und nicht hier?“, hake ich nach.

„Offensichtlich haben sie sich getrennt und Frau Miethaner ist vor drei Monaten ausgezogen.“

Mein Kinn klappt auf und ich sehe meinen Kollegen ungläubig an.

„Der Schoß ist von seiner Frau getrennt? Das erklärt natürlich einiges“, murmle ich und sehe mich um.

„Du wusstest nichts davon?“, hakt Hansi nach.

„Nein, wir hatten seit der Schule kaum noch Kontakt und bei unserem letzten Klassentreffen vor drei Jahren war er noch glücklich verheiratet.“

„Mittlerweile hat Frau Miethaner wohl auch schon die Scheidung eingereicht.“

Kopfschüttelnd sehe ich dabei zu, wie die Kollegen meinen ehemaligen Schulfreund in einen Plastiksarg betten und den Deckel schließen. Ich kann den Anblick kaum ertragen und frage mich was der arme Mann in letzter Zeit durchmachen musste.

Die Trennung von seiner Frau scheint ihm schwer zugesetzt zu haben.

„Vielleicht hat er ja regelmäßig zu viel getrunken“, vermute ich, als mein Blick sich auf die unbeschriftete Schnapsflasche richtet.

„Du denkst, er war Alkoholiker?“, hakt Hansi nach.

Ich zucke die Schultern.

„Mehr dazu kann ich euch nach der Untersuchung sagen“, wirft Rudi ein, als er seine Sachen zusammenpackt.

Ich mache ein paar Schritte durch die Küche, wobei ich jeden einzelnen davon in meinem Rücken spüre.

„Ist mit dir alles in Ordnung?“, fragt Rudi mit gerunzelter Stirn, während er mich von oben bis unten mustert.

„Ja, das wird schon wieder“, winke ich ab und lege meine Hand auf den unteren Rücken, wo der Schmerz am stärksten ist.

„Hexenschuss“, flüstert ihm Hansi verschwörerisch zu.

Rudi verzieht mit schmerzlichem Ausdruck das Gesicht.

„Ja, das kann überaus schmerzhaft sein“, sagt er, als würde er aus Erfahrung sprechen.

5. Kapitel

07. März, nachmittags halb drei in Niederhaibach

Ich liege auf dem Kanapee und zappe mich durch das Fernsehprogramm. Früher hatten wir lediglich drei oder vier Programme und trotzdem war immer was Interessantes dabei. Heute haben wir gefühlt tausend verschiedene Sender und es läuft nur Mist, der keinen interessiert. Zumindest mich nicht.

Da kann ich es kaum erwarten, dass Hansi mich anruft, wenn er den Bericht der Gerichtsmedizin erhalten hat. Frau Miethaner kommt erst morgen früh zur Befragung. Sie ist noch beruflich in Österreich unterwegs. Wie es scheint meistert sie ihr Leben ganz gut ohne Georg.

Wie ich erfahren habe, blieb die Ehe der beiden kinderlos. Ich weiß nicht, ob dies gewollt war, oder ob es sich um einen unerfüllten Kinderwunsch handelte. Näheres werden wir erst morgen von der Ehefrau erfahren.

Bis dahin schone ich meinen Rücken etwas, denn nach zwei Stunden auf den Beinen, brauche ich dringend eine Pause. Nun liege ich hier und ich kann beinahe spüren, wie die Schmerzen etwas nachlassen.

Hansi kann auch ohne mich ein paar Anrufe tätigen und mehr über unser Opfer herausfinden.

Ich höre das Telefon klingeln, bleibe jedoch liegen, in der Hoffnung, dass meine Frau das Gespräch annimmt. Keine Ahnung, wo das Mobilteil wieder rumliegt und bis ich mich jetzt in Zeitlupe aufrichte und es suche, hört es bestimmt auf zu klingeln.

Durch die geschlossene Tür höre ich Rosi reden. Sie versichert mir die Nachricht auszurichten. Ich gehe davon aus, dass Hansi am Telefon ist, um mir mitzuteilen, dass Rudi mit seiner Untersuchung fertig ist.

Ich überlege noch, ob ich gleich damit anfangen soll, mich in die senkrechte Position zu begeben, oder noch abwarte, bis ich die Sicherheit habe, dass dies auch nötig ist. Wenn ich mich irre und sich rausstellt, dass gar nicht Hansi am Telefon war, dann habe ich mich umsonst hochgequält.

Bevor ich die Entscheidung treffe, kommt meine Frau schon zur Tür herein.

„Der Hansi hat gerade angerufen, du sollst kommen, weil der Rudi fertig ist“, informiert sie mich.

„Hat der den Bericht auch schon fertig?“, hake ich nach, denn wenn dem so ist, dann war der Rudi diesmal ganz schön flott.

„Das weiß ich doch nicht“, antwortet sie schulterzuckend.

„Dann bleibt mir wohl nichts anderes übrig, als aufzustehen“, seufze ich und hieve mich hoch.

„Wird auch höchste Zeit“, murmelt Rosi und wirft mir einen tadelnden Blick zu. „Ein Wunder, dass du dich noch nicht wundgelegen hast.“

„Was soll ich denn machen, wenn ich Kreuzschmerzen habe?“

Ich klinge etwas aufgebracht, was mir allerdings angesichts ihres Vorwurfs auch nicht zu verdenken ist. Sie tut ja gerade so, als würde ich hier zum Spaß rumliegen.

„Man kann sich aber auch hängenlassen.“

Ich dachte mir schon, dass meine Frau mich nicht so ganz ohne weiteren Kommentar davonkommen lässt. Sie muss einfach immer das letzte Wort haben. Aber was rege ich mich noch lange auf?

Kopfschüttelnd verlasse ich das Wohnzimmer und ziehe mir unter Schmerzen meine Schuhe an. Natürlich lasse ich mir nichts anmerken. Zumindest versuche ich es, denn ein blöder Kommentar von ihr reicht mir schon. Ich brauche nicht noch weitere.

„Servus“, sage ich knapp, als ich das Haus verlasse.

Sie soll ruhig merken, dass sie mich mit ihrer Aussage beleidigt hat. Als würde ich mir meine Schmerzen nur einbilden oder wäre wehleidig. Da möchte ich sie mal sehen, wenn sie solch schreckliche Schmerzen ertragen müsste.

Als ich den Wagen auf dem Parkplatz vorm Revier abstelle, stoße ich seufzend den Atem aus. Es dauert gleich wieder ewig, bis ich aus dem Auto raus bin. Mit zusammengebissenen Zähnen schaffe ich es schließlich und sperre ab, bevor ich mich auf den Weg ins Büro mache.

Dort angekommen, erwartet mich Hansi schon.

„Da bist du ja“, ruft er.

Zumindest verkneift er sich das *endlich* am Satzende. Ich weiß schließlich selbst, dass ich derzeit nicht der Schnellste bin.

„Ja, da bin ich“, murmle ich und werfe einen Blick auf meinen Stuhl.

„Warum setzt du dich nicht?“, fragt Hansi, als ich zögere.

„Ich muss mir derzeit genau überlegen, ob ich mich hinsetze oder hinlege“, antworte ich ihm.

Hansi runzelt die Stirn.

„Wegen meinem Kreuz“, sage ich nachdrücklich.

„Ach, ja genau“, erwidert er. „Ist es noch nicht besser?“

„Geringfügig“, antworte ich ihm mit gerunzelter Stirn.

„Also wenn wir zu Rudi in die Gerichtsmedizin wollen, dann bitte gleich.“

Hansis Stirn legt sich in Falten. Manchmal ist er wirklich schwer von Begriff. Ich sehe ihn mit hochgezogenen Augenbrauen an.

„Ach, damit du dich nicht umsonst hinsetzt, wenn du eh gleich wieder aufstehen musst.“

Endlich ist der Groschen gefallen. Er springt auf, als ich nicke.

„Dann lass uns gleich los.“

Kurz darauf sind wir bei Rudi. Er bringt uns zu der Leiche meines Schulfreunds. Als Rudi die Decke zurückschlägt, schlucke ich schwer. Der Anblick geht mir näher, als ich gedacht habe.

„Herr Miethaner ist, wie ich bereits vermutet habe, an einer Vergiftung gestorben.“

„Dann hat er sich mit seinem Selbstgebrannten selbst vergiftet?“, frage ich bestürzt.

„Nein, der Selbstgebrannte war nicht alleine die Vergiftungsursache. Gewissermaßen hat er zu der Mischung beigetragen, die ihn schließlich umgebracht hat.“

„An welcher Mischung?“, hakt Hansi nach.

„An einer Überdosis“, antwortet er knapp.

„Drogen?“, frage ich stirnrunzelnd.

Rudi nickt. „Er hatte eine hohe Dosis Kokain und auch Heroin intus. Die Wirkung dieser beiden Drogen wird oft unterschätzt.“

„Dann war Georg drogensüchtig?“

Ich kann es kaum glauben. Das hätte ich ihm niemals zugetraut.

„Nein, wie es aussieht, hat er die Drogen erst seit kurzem genommen.“

„Dann war es vielleicht aus Versehen eine Überdosis?“, fragt Hansi zweifelnd.

„Möglich, aber seine Leber deutet auch auf ein Suchtproblem hin. Er war definitiv alkoholsüchtig.“

„Dann wäre es also sowohl möglich, dass er sich selbst umgebracht hat, als auch, dass er umgebracht wurde?“, hake ich nach.

Rudi nickt erneut und Hansi runzelt die Stirn.

„Dann müssen wir rausfinden, ob wir es mit einem Mord oder Selbstmord zu tun haben“, murmelt Hansi.

„Ich kann mir nicht vorstellen, dass Georg sich selbst umgebracht hat.“

„Na ja, in Menschen kann man eben nicht hineinsehen. Wer weiß schon, was in seinem Kopf vorging“, sagt Hansi mitfühlend.

Ich stoße seufzend den Atem aus. Kann es sein, dass ich mich so sehr in meinem alten Freund täusche? Hat er sich wirklich so verändert?

Jetzt ist es wohl an mir, das herauszufinden.

6. Kapitel

08. März, morgens halb neun in Straubing

Meinem Rücken geht es heute schon viel besser. Glücklicherweise fühle ich nicht mehr jede einzelne Bewegung, als würde mir jemand ein Messer reinstechen. Gleich kommt Georgs Frau, und ich bin schon gespannt, was sie uns zu sagen hat.

„Heute siehst du aber schon besser aus“, begrüßt mich Hansi, als ich das Büro betrete.

„Ja, ich fühle mich auch schon besser.“

„Dann können wir ja voller Elan an die Aufklärung des Falls gehen“, sagt er gutgelaunt. „Wenn wir Glück haben, war es Selbstmord und wir können die Akte ablegen, bevor Simone zurückkommt.“

„Was bitte wäre Glück daran, wenn Georg sich selbst umgebracht hätte?“, frage ich vorwurfsvoll.

Hansi sieht mich mit gerunzelter Stirn an. Ich gebe ja zu, dass dieser Fall ziemlich persönlich für mich ist und ich deswegen auch so empfindlich reagiere. Georgs Tod geht mir näher, als ich gedacht habe und allein die Vorstellung, er könnte sich tatsächlich selbst das Leben genommen haben, lässt mich an meiner Menschenkenntnis zweifeln.

Er gehörte immer zu jenen, die stark und taff rüberkamen. Nie hat er sich was gefallen lassen und war zur Schulzeit immer eine Art Anführer. Er war beliebt, sportlich und bekam die schönsten Mädchen. Solche Menschen bringen sich doch nicht um.

„So habe ich das doch gar nicht gemeint“, erwidert Hansi und sieht mich entschuldigend an.

„Ich weiß“, murmle ich und massiere mir die Stirn. „Tut mir leid, aber die Situation ist nicht so einfach für mich.“

„Das verstehe ich ja. Es ist nicht leicht, wenn einem das Opfer persönlich bekannt war.“

Ich nicke, bevor ich meine Schultern straffe und mich an den Schreibtisch setze.

„Wissen wir eigentlich wie genau Georg die Drogen eingenommen hat?“, frage ich Hansi. „Soweit ich weiß kann man das Zeug ja rauchen oder schnupfen oder?“

„Es kann über sämtliche Schleimhäute aufgenommen werden. Ich habe nachgelesen, dass es sogar Frauen gibt, die sich das Zeug da unten einführen.“

Hansi verzieht angewidert den Mund, als er mit seiner Hand auf seinen Schritt deutet. Ich muss zugeben, dass diese Vorstellung nicht gerade angenehm ist.

Eine Kollegin steckt den Kopf zur Tür herein und meldet uns Frau Miethaner an. Kurz darauf sitzt sie in unserem Büro und wirkt sichtlich betroffen. Dafür, dass sie ihren Mann verlassen hat, nimmt sie dessen Tod jetzt wohl doch ganz schön mit.

Nachdem wir uns ihr vorgestellt haben, fängt Hansi mit der Befragung an.

„Können Sie uns sagen, ob Ihr Mann ein Drogenproblem hatte?“, fragt Hansi die Frau.

„Wenn Sie mit Drogen Alkohol meinen, dann ja“, antwortet sie.

„Haben Sie ihn aufgrund dessen verlassen?“, hakt Hansi nach.

„Nein, das war nicht der Grund“, seufzt sie und stößt angespannt den Atem aus.

Stirnrunzelnd sehe ich sie an und warte darauf, die wahren Beweggründe ihrer Trennung zu erfahren. Offensichtlich fällt es ihr nicht so leicht, darüber zu sprechen. Es scheint, als würde sie sich schämen, denn sie senkt den Blick und presst ihre Lippen fest aufeinander, während sie an ihren Fingern herumnestelt.

„Ich habe mich von Georg getrennt, weil er mich betrogen hat.“

„Er hatte eine andere?“, frage ich aufgebracht und bevor ich bemerke, dass meine Reaktion definitiv zu heftig war, sind die Worte auch schon aus meinem Mund.

Frau Miethaner schüttelt mit einem freudlosen Lachen den Kopf.

„Nein, er hatte keine andere. Das hätte ich ihm vielleicht noch verzeihen können.“

Ich wechsle mit Hansi einen fragenden Blick und bin mir nicht sicher, ob ich mich zuvor verhört habe, oder Frau Miethaner in Rätseln spricht.

„Aber Sie haben doch gerade gesagt, dass er Sie betrogen hätte“, entgegnet Hansi, was mir beweist, dass ich mich zuvor definitiv nicht verhört habe.

„Das hat er auch“, seufzt sie. „Aber nicht mit einer Frau, sondern mit einem Mann.“

Die Aussage schlägt bei mir ein wie eine Bombe und ich starre die Frau ungläubig an.

„Das kann nicht sein“, murmle ich nach einer Weile des bedrückenden Schweigens.

„Ja, das habe ich auch gedacht“, stimmt sie mir zu. „Aber mein Mann hat mich über viele Jahre mit seinen Affären betrogen. Er war schwul, wollte aber nicht dazu stehen. Darum hat er mich offenbar geheiratet und mir all die Jahre vorgemacht, er würde mich lieben.“

In meinem Kopf überschlagen sich meine Gedanken. Ich denke zurück an die Schulzeit und suche nach Hinweisen darauf, dass Georg homosexuell war. Doch da war nichts. Ich kann mich an keine Situation erinnern, die auch nur im Geringsten darauf hingewiesen hätte.

Im Gegenteil, er hat immer mit seinen Frauengeschichten geprahlt und die halbstarken Sprüche, die für dieses Alter normal sind, am laufenden Band geklopft. Niemals wäre ich auf die Idee gekommen, dass er auf das gleiche Geschlecht stehen könnte. Natürlich waren das damals noch andere Zeiten und es wurde nicht so offen mit Homosexualität umgegangen, aber dass er es so gut überspielen konnte, überrascht mich dann doch sehr.

Es muss schrecklich für ihn gewesen sein, all die Jahre nach außen den liebenden Ehemann zu spielen und innerlich so unglücklich mit der Situation zu sein. Letztendlich hat er damit jedoch nicht nur sein eigenes Leben zerstört, sondern auch das seiner Ehefrau. Er hat sie all die Jahre mit seiner Lüge leben lassen, was sie ihm vermutlich niemals verziehen hätte.

„Frau Miethaner, wie hat Ihr Mann reagiert, als Sie ihn verlassen haben?", fragt Hansi.

Sie zuckt die Schultern.

„Er hat es bis zu Letzt abgestritten. Dabei habe ich ihn in flagranti mit einem Kerl erwischt."

„Wie haben Sie ihn denn erwischt?"

Bei Hansis Frage sieht sie wieder beschämt zu Boden.

„Ich hatte schon lange den Verdacht, dass er mich betrügt. Dabei habe ich natürlich an eine andere Frau gedacht. Daher bin ich ihm eines Abends, als er mit einer Ausrede das Haus verlassen hat, gefolgt. Er hat sich mit einem jungen Mann auf einem Parkplatz getroffen. Als ich mich zum Auto geschlichen habe und durchs Fenster schaute …"

Frau Miethaner bricht ihre Erzählung ab und wir können uns auch so denken, was sie dort gesehen hat.

Immerhin hat es sie veranlasst, die Ehe mit ihrem Mann zu beenden und das ist ihr sicherlich nicht so leichtgefallen. Immerhin haben die beiden viele gemeinsame Jahre vorzuweisen, die man nicht ohne triftigen Grund wegwirft.

Wir geben der Frau Zeit, um sich wieder zu fangen. Tränen laufen ihr über die Wangen und gerade jetzt wäre es hilfreich, wenn Simone da wäre. Frauen können mit solch emotionalen Situationen einfach besser umgehen. Sie sind gut darin sich gegenseitig zu trösten. Vermutlich liegt es auch daran, dass sie sich einfach besser in die andere reinversetzen können. Hansi und ich hingegen schauen uns gerade hilflos an und warten ab. Keiner weiß, was er sagen soll.

Sie kramt in ihrer Tasche, vermutlich auf der Suche nach einem Taschentuch. In diesem Moment bereue ich es, dass ich mein Stofftaschentuch heute schon benutzt habe. Das kann ich ihr schlecht anbieten und diese Papierdinger habe ich nicht. Glücklicherweise reagiert Hansi und öffnet seine Schreibtischschublade.

„Was halten Sie davon, wenn wir eine kleine Pause machen und ich Ihnen eine Tasse Kaffee hole?“, biete ich ihr an, während Hansi ihr ein Papiertaschentuch entgegenhält.

Dankbar nimmt sie das Taschentuch entgegen und nickt zustimmend, bevor sie ihre Nase in das Taschentuch steckt.

Ich stehe auf und verlasse den Raum. Die kurze Pause habe auch ich bitternötig. Niemals hätte ich gedacht, dass ich heute erfahre, in welches Lügenkostüm Georg verstrickt war.

7. Kapitel

08. März, vormittags halb zehn in Straubing

„Geht´s wieder?“, frage ich Frau Miethaner, nachdem sie ein paarmal an ihrer Kaffeetasse genippt hat und ihre Tränen versiegt sind.

Sie nickt und stößt den Atem aus.

„Ja, es geht schon. Ist nur alles ein bisschen viel.“

Sie hebt ihre Mundwinkel zu einem schwachen Lächeln, das ihre Augen nicht erreicht. Diese Frau tut mir in diesem Moment unendlich leid. Vielleicht ist die Ehe der beiden auch deswegen kinderlos geblieben. Wenn ich daran denke, dass Frau Miethaner vielleicht gerne Mutter geworden wäre und dies mit einem anderen Mann hätte verwirklichen können, dann verstehe ich noch besser, dass sie Georg sofort verlassen hat und es würde mich nicht wundern, wenn sie ihm das auch zum Vorwurf gemacht hätte.

War vielleicht sie es, die sich auf diese Weise an ihrem Mann gerächt hat?

„Wie lange hatte denn Ihr Mann schon Alkoholprobleme?“, fragt Hansi.

„Er hat schon immer gerne einen über den Durst getrunken, wie man so schön sagt. Aber richtig regelmäßig wurde dies erst die letzten paar Jahre“, erzählt sie. „Da war praktisch kein Tag mehr dabei, an dem er nicht getrunken hat und dabei handelte es sich nicht nur um ein Feierabendbier. Vielleicht war ja der Grund dafür, dass er in unserer Ehe nicht glücklich war.“

Erneut senkt sie ihren Kopf. So weit kommt es noch, dass die arme Frau sich nun noch die Schuld daran gibt, dass ihr Mann nicht zu seinen sexuellen Vorlieben stehen wollte und seine Frau dadurch in eine Ehe drängte, die quasi von vorneherein zum Scheitern verurteilt war.

„Hat er denn schon mal mit Drogen etwas zu tun gehabt?“, hakt Hansi nach.

Er ist nicht wirklich einfühlsam, doch in dieser Befragung bin ich nicht so zu gebrauchen, weil mir ganz einfach die Worte fehlen. Die Situation an sich macht mich sprachlos und schockiert mich auf eine Weise, die ich nicht erklären kann.

Einerseits ist es Georgs Tod, aber auch die Art, wie er sein Leben gestaltete und dadurch in Kauf genommen hat, dass nicht nur er, sondern auch seine Frau unglücklich wurde.

„Nein, von Drogen habe ich niemals etwas mitbekommen“, antwortet sie. „Allerdings habe ich in letzter Zeit auch nichts mehr mit Georg zu tun gehabt. Ich habe den Kontakt abgebrochen.“

„Können Sie sich denn vorstellen, dass Ihr Mann sich absichtlich eine Überdosis verabreicht haben könnte?“, fragt Hansi weiter.

Sie stößt seufzend den Atem aus und zuckt dabei mit ihren Schultern.

„Eigentlich traue ich es ihm nicht zu, aber ich hatte auch all die Jahrzehnte keine Ahnung von seinen Neigungen, also tauge ich wohl eher nicht für zuverlässige Einschätzungen was Georg anbetrifft“, antwortet sie schließlich.

„Wissen Sie, wer Ihrem Mann etwas Böses gewollt haben könnte?“

Mit dieser Frage bringe ich mich endlich in die Befragung ein und ernte dafür von Hansi einen zufriedenen Blick.

„Vielleicht einer seiner Bettgesellen“, antwortet sie abfällig.

„Und Sie waren die letzten Tage auf Geschäftsreise?“, fragt nun Hansi und ich bin mir sicher, dass es Frau Miethaner nicht gefallen wird, wo seine Fragerei gleich hinführt.

„Ja, darum habe ich ja heute erst kommen können“, entgegnet sie beinahe vorwurfsvoll.

Gleich wird sie sich noch viel mehr angegriffen fühlen, denn Hansi wird sie nach einem Alibi fragen und für gewöhnlich reagieren da viele Angehörige ziemlich aufgebracht.

„Haben Sie dafür Nachweise oder Zeugen?“, hakt Hansi nach.

Wie in Zeitlupe, dreht sie Hansi das Gesicht zu und ihre Augen verdunkeln sich dabei zusehends. Ich habe es ja schon vorausgesagt und jetzt tritt genau das ein. Grimmig zieht sie ihre Augenbrauen zusammen und sieht ihn vorwurfsvoll an.

„Wollen Sie mir etwa unterstellen, dass ich Georg umgebracht habe?“, entgegnet sie mit einer Gegenfrage.

„Immerhin haben Sie ein nicht von der Hand zuweisendes Motiv“, sagt er in verteidigendem Tonfall.

Wenn ich dachte, ihr Blick wäre schon zuvor finster gewesen, dann ist das nichts im Vergleich zu dem, was sich in diesem Moment in ihren Augen widerspiegelt.

„Ich habe meinen Mann nicht umgebracht.“

Ihre Antwort kommt abgehackt und sie betont dabei jedes einzelne Wort.

„Wie können Sie es wagen, mir das zu unterstellen?“

Sie sieht wütend von Hansi zu mir und in ihren Augen ist nicht nur Wut, sondern auch ein großer Anteil Schmerz.

„Bitte werten Sie das nicht als Unterstellung, Frau Miethaner“, sage ich entschuldigend. „Wir müssen jeden überprüfen, das gehört einfach zu unserer Arbeit.“

Eisige Stille breitet sich im Büro aus, während sie mich mit zusammengekniffenen Augenbrauen finster ansieht. Allerdings scheint sie ein bisschen versöhnlicher, als noch kurz zuvor. Offenbar konnte ich mit meiner Aussage die Situation ein kleines bisschen entschärfen. Die Gefahr ist aber noch lange nicht gebannt, denn wenn meine Frau mich so ansieht, wie Frau Miethaner dies gerade tut, dann hängen sehr graue Wolken über uns. Manchmal folgt darauf dann ein gewaltiger Sturm, den ich nach Möglichkeit immer versuche zu verhindern.

„Wir wollen doch alle dasselbe“, sage ich eindringlich. „Georgs Tod aufklären.“

Frau Miethaner holt tief Atem, bevor sie schließlich zaghaft nickt. Offensichtlich tragen meine Bemühungen, sie wieder zu beruhigen, endlich Früchte.

„Natürlich möchte ich wissen, wie Georg zu Tode gekommen ist und falls da wirklich jemand nachgeholfen hat, dann sollte derjenige im Gefängnis schmoren“, stimmt sie mir schließlich zu. „Aber ich habe wirklich keine Ahnung, ob Georg sich tatsächlich selbst das Leben genommen haben könnte.“

Eine Weile führen wir noch ein Gespräch mit ihr, das jedoch leider keine hilfreichen Hinweise hervorbringt. Frau Miethaner zeigt uns noch ihre Hotelrechnung, welche bestätigt, dass sie mit dem Tod ihres Mannes nichts zu tun haben kann.

Als Frau Miethaner unser Büro schließlich verlässt, lehnt Hansi sich seufzend im Stuhl zurück und richtet seinen Blick gegen die Decke.

„Ich fasse es nicht, dass der Kerl schwul war und seine Frau über Jahre oder gar Jahrzehnte mit Männern betrogen hat."

Er schüttelt den Kopf und sieht mit gerunzelter Stirn zu mir.

„Kann ein Mann so eine Neigung wirklich jahrelang vertuschen?"

„Keine Ahnung", entgegne ich schulterzuckend.

„Stand er denn in der Schule auch schon auf Jungs?", hakt er nach.

„Also ich habe nie etwas dergleichen bemerkt und auch niemals was in diese Richtung gehört."

„Wenn er es sogar seiner Frau gegenüber versuchte abzustreiten, obwohl die ihn in flagranti erwischte, dann wollte er den Schein wohl weiter wahren."

„Ja, es hat sich nicht so angehört, als hätte er vorgehabt sich zu outen."

Hansi nickt langsam.

„Nach so vielen Jahren mit seiner Frau ging es ihm vermutlich sehr nahe, als sie ihn verließ. Selbst wenn er homosexuell war, gehört doch eine tiefe Verbindung zu einer Beziehung, die man über so lange Zeit aufrechterhält", murmelt er nachdenklich.

„Du glaubst er hat sehr unter der Trennung gelitten?", hake ich nach.

„Vielleicht hat er deshalb angefangen Drogen zu nehmen. Womöglich sogar, zu viel von dem Zeug einzuwerfen, obwohl er wusste, dass dies ihn hätte umbringen können.“

Bei Hansis Worten runzle ich nachdenklich die Stirn. Vielleicht hat er ja wirklich Recht. Wer weiß schon, ob er nicht in eine Depression verfallen ist, nachdem sein Leben wie ein Kartenhaus in sich zusammengefallen ist.

8. Kapitel

09. März, mittags halb eins in Niederhaibach

Wir sitzen gerade am Esstisch und mein Magen knurrt, bei dem köstlichen Anblick, der sich mir bietet. Da meine Frau Hansi zum Mittagessen eingeladen hat, gibt es heute Schnitzel mit Kartoffelsalat. Eigentlich sollte Hansi schon da sein. Wo bleibt er nur?

Wenn er nicht gleich auftaucht, wird alles kalt und Rosi lässt mich nicht mit dem Essen anfangen, weil das ja unhöflich ihm gegenüber wäre. Dabei ist er doch hier derjenige, der unhöflich ist, indem er nicht pünktlich vor der Tür steht.

„Na endlich“, brumme ich, als ich ein Auto in der Einfahrt höre.

Rosi sieht aus dem Fenster.

„Machst du mal dem Hansi auf!“, sagt sie und holt die Schnitzel aus dem Ofen.

Wenn die jetzt trocken geworden sind, nur weil er zu spät gekommen ist, dann kann er sich aber was anhören!

Ich stehe auf und stelle erleichtert fest, dass meine Rückenschmerzen fast ganz verschwunden sind. Auch das Gehen macht mir nichts mehr aus. Nur wenn ich mich bücken muss oder bei Drehbewegungen spüre ich noch leichte Schmerzen.

Als ich die Tür öffne, wirkt Hansi ziemlich abgehetzt.

„Du bist zu spät“, knurre ich vorwurfsvoll.

„Ja, ich weiß. Es tut mir leid, aber ich habe bis gerade eben noch gearbeitet.“

„Was hast du denn noch gearbeitet?“, hake ich stirnrunzelnd nach.

Er legt seinen Kopf schräg und sieht mich vorwurfsvoll an.

„In Gegensatz zu dir, habe ich noch eine vierzig Stunden Woche.“

„Du bist auch noch nicht in der Rente“, entgegnet ich grinsend.

„Ja, leider“, brummt er.

Ich trete zur Seite, damit er ins Haus kommen kann.

„Bis gerade eben habe ich mich durch den Bekanntenkreis von Herrn Miethaner telefoniert. Keiner von ihnen wusste etwas von seinen Neigungen.“

„Wie es scheint hat er seine Homosexualität wirklich gut verborgen“, murmle ich auf den Weg in die Küche.

„Ja, zumindest bis seine Frau ihn erwischt hat.“

„Welche Frau hat wen erwischt?“, fragt Rosi, als wir die Küche betreten.

„Ich habe dir doch erzählt, dass ein ehemaliger Schulfreund von mir an einer Überdosis gestorben ist“, antworte ich ihr.

„Und er hat sie ganz klassisch mit einer anderen betrogen oder?“, fragt Rosi mit rollenden Augen.

„Betrogen, ja“, erwidert Hansi. „Aber nicht mit einer anderen, sondern einem anderen.“

Rosis Augen weiten sich.

„Ein Schulfreund von dir ist schwul?“, ruft sie ungläubig.

Ich nicke schulterzuckend. Rosi tut ja gerade so, als hätte ich damit etwas zu tun.

„Und er war mit einer Frau verheiratet?“

Sie scheint ziemlich aufgebracht zu sein.

„Und das sogar viele Jahre“, sagt Hansi nachdrücklich.

Rosi schüttelt den Kopf.

„Mein Gott, die arme Frau und auch die Kinder werden schwer daran zu knabbern haben.“

„Kinder haben sie keine“, ergänze ich.

„Dann blieb wenigstens denen die Trennung der Eltern erspart.“

Wir setzen uns an den Tisch, während Rosi noch ein Glas Preiselbeeren aus dem Kühlschrank holt.

Noch bevor ich meine Gabel in das erste Schnitzel stechen kann, kommt Rosi mir zuvor und wirft mir dabei einen tadelnden Blick zu. Natürlich legt sie das Schnitzel auf Hansis Teller und anschließend eins auf das ihre. Erst dann bin ich dran.

Auch beim Kartoffelsalat übergibt sie die Schüssel natürlich zuerst an Hansi, bevor sie diese wieder auf den Tisch zurückstellt, und ich mir etwas nehmen kann.

„Mir geht euer Fall einfach nicht aus dem Kopf", murmelt Rosi nach einer Weile. „Was die arme Frau durchmachen muss."

„Da siehst du mal, wie gut du es mit mir hast", erwidere ich schmunzelnd.

Hansi verkneift sich ein Lachen, während Rosi mich zynisch ansieht. Sie legt ihre Stirn in Falten und scheint mir da nicht ganz zuzustimmen.

„Wisst ihr denn schon, ob er sich selbst umgebracht hat?"

„Nein, das können wir leider noch nicht sagen", entgegnet Hansi. „Leider ist das bei einer Überdosis nicht so leicht festzustellen. Es wäre gut möglich, dass er es selbst war."

„Wenn wir nur wüssten, wer der Mann war, mit dem Frau Miethaner ihren Mann erwischt hat", murmle ich seufzend.

„Sie hat ihn mit dem Kerl in flagranti erwischt?"

Rosi sieht mich mit geweiteten Augen an. Ich glaube sie hat gerade aufgehört zu atmen.

„Sie hat ihn auf einen Parkplatz verfolgt. Dort hat er sich wohl mit seinem Freund getroffen", erzähle ich ihr.

„Und dann hat sie ihn nicht einmal zur Rede gestellt?", fragt Rosi ungläubig.

„Sie ist laut ihrer Aussage sofort abgehauen."

„Und ihr Mann hat nichts dazu gesagt?"

„Er hat es offensichtlich trotzdem abgestritten und behauptet, sie hätte sich das alles nur eingebildet."

Bei meinen Worten klappt Rosi der Mund auf und sie starrt mich an, als hätte ich ihr eine Horrorgeschichte erzählt. Ich zucke mit der rechten Schulter, denn ich kann ihr nicht mehr dazu sagen. Meine Erklärungen sind auch ausgeschöpft.

Plötzlich legt sich die Stirn meiner Frau in Falten und sie wirkt nachdenklich.

„Auf welchem Parkplatz war das denn?", hakt sie nach.

„Keine Ahnung", entgegne ich schulterzuckend und blicke hilfesuchend zu Hansi.

Doch auch er schüttelt unwissend den Kopf.

„Da kennt man schon, dass euch die Simone fehlt", sagt meine Frau tadelnd. „Die hätte das auf jeden Fall gefragt."

„Warum sollte das denn auch wichtig sein?"

Bei meiner Frage rollt sie mit den Augen.

„Hast du noch nie was von Parkplätzen gehört, auf dem sich Leute für bestimmte sexuelle Vorlieben treffen?"

Nun ist es Hansi, der verwirrt zwischen meiner Frau und mir hin und her sieht.

„Du meinst solche, wo sich die Perversen zum Sex treffen?", hakt Hansi schließlich nach.

„Na ja, ob die pervers sind, weiß ich nicht."

Bei der Aussage meiner Frau muss ich schmunzeln. Manchmal wirkt sie richtig friedlich und gutmütig und ein anderes Mal geht sie wieder wie eine Furie auf mich los.

„Aber solche Parkplätze gibt's doch nur in den Großstädten", erwidere ich entschlossen.

„Also ich habe mal gehört, dass es sowas auch bei uns gibt."

Nun flüstert Rosi verschwörerisch, als würde sie ein Geheimnis lüften.

„Da hat deine Frau nicht ganz unrecht. Mir ist da auch schon mal was zu Ohren gekommen. Die Kollegen sind da schon das ein oder andere Mal ausgerückt, weil sich Leute beschwert haben", wirft Hansi ein und reißt dabei seine Augen auf. „Erregung öffentlichen Ärgernisses."

„Ja, wenn das so ist, dann hat der Georg ja vielleicht dort seinen Freund getroffen."

Eigentlich kann ich mir das zwar nicht vorstellen, denn warum hätte er sich denn auf so einem schmierigen Parkplatz treffen sollen? Andererseits wollte er ja nicht, dass es jemals jemand herausfindet. Auch in seinen Anrufen, E-Mails und Kontakten konnten die Kollegen der IT keinen potenziellen Liebhaber ausfindig machen. Ein Hotel wollte er sicher nicht mit seinem Freund besuchen, um nicht mit ihm gesehen zu werden. Und ein Treffen bei ihm zu Hause wollte er vermutlich auch nicht, um zu verhindern, dass seine Frau ihn erwischt.

„Da fahren wir jetzt dann gleich noch bei der Frau Miethaner vorbei und fragen sie, wo der Parkplatz genau ist“, sagt Hansi entschlossen, bevor er sich einen großen Brocken Schnitzel in den Mund stopft.

9. Kapitel

09. März, nachmittags halb zwei in der Nähe von Straubing

„Hoffentlich ist sie da", sagt Hansi aufgeregt, als wir auf dem Weg zu Frau Miethaner sind.

Wie es scheint macht ihn die Sache mit dem Parkplatz nervös. Ich kann ihm direkt ansehen, wie neugierig er ist. Selbst ich kann mir eigentlich nicht vorstellen, dass es bei uns sowas gibt. Einen Parkplatz, wo sich Leute zum Sex treffen. Sowas hat es doch früher nicht gegeben!

Zumindest nicht auf dem Land. Natürlich weiß ich, dass Großstädte mit Prostitution und dergleichen kämpfen müssen. Aber bei uns im beschaulichen Niederbayern sind die Menschen eher fromm und anständig.

Natürlich gibt es immer auch ein paar schwarze Schafe, doch die halten sich im Hintergrund. Zumindest bin ich bisher davon ausgegangen. Irgendwie scheint meine Frau über solche Sachen besser informiert zu sein, als ich. Ob ich mir darüber Gedanken machen sollte?

Als wir an der Tür klingeln, dauert es nur kurz, bevor Frau Miethaner uns öffnet.

„Hätten Sie bitte noch einen Augenblick Zeit für uns?“, frage ich sie freundlich.

„Ja, natürlich“, entgegnet sie. „Bitte, kommen Sie rein!“

Sie hält uns die Tür auf und wir betreten den Flur ihrer Wohnung.

„Einfach geradeaus in die Küche“, weist sie uns an, als sie hinter uns die Tür schließt.

Meine Frau würde mich vermutlich wieder rügen, weil ich der Frau nicht den Vortritt lasse. Aber der Flur ist recht eng, deshalb wäre es jetzt ziemlich umständlich sie vorzulassen.

„Setzen Sie sich doch!“, fordert sie uns auf, als wir etwas verloren in er Küche stehen. „Kann ich Ihnen etwas zu trinken anbieten?“

„Wenn Sie vielleicht ein Glas Wasser hätten?“, erwidere ich.

Sie holt zwei Gläser aus dem Schrank und füllt sie, bevor sie diese vor uns auf den Tisch stellt. Anschließend setzt sie sich zu uns an den Tisch und sieht uns erwartungsvoll an.

„Wir müssen Sie nochmal zu dem Parkplatz befragen“, sagt Hansi zu ihr.

Ihre Miene spricht Bände. An dieses Ereignis würde sie wohl lieber nicht erinnert werden. Doch das können wir ihr leider nicht ersparen.

„Ich habe Ihnen alles dazu gesagt und möchte wirklich nicht weiter ins Detail gehen“, antwortet sie zögerlich.

„Nein, darum geht es gar nicht“, erwidere ich.

Ich möchte wirklich nicht genauer wissen, was Frau Miethaner da mitansehen musste. Alleine die Vorstellung reicht mir und ich versuche ständig die Bilder aus meinem Verstand zu vertreiben. Ich möchte diese Bilder nicht in meinem Kopf.

„Worum geht es denn dann?“

„Können Sie uns sagen, wo genau sich dieser Parkplatz befunden hat?“, hakt Hansi nach.

Sie stößt seufzend den Atem aus.

„Ich bin damals regelrecht geflüchtet, aber ich bin ziemlich sicher, dass ich ihn wiederfinde“, antwortet sie schließlich.

„Was halten Sie davon, wenn Sie ihn uns zeigen?“, schlage ich ihr vor.

„Jetzt gleich?“

„Wenn Sie Zeit haben“, entgegne ich schulterzuckend.

Sie wirft einen Blick zur Uhr an der Wand und nickt schließlich.

„Aber ich will da nicht bleiben. Ich zeige ihnen den Weg und dann fahren wir wieder!“, fordert sie.

„Einverstanden“, stimmen Hansi und ich unisono zu.

Bevor wir aufbrechen, stellt Frau Miethaner die Gläser in die Spülmaschine und wischt den Tisch ab, obwohl er gar nicht schmutzig ist. Entweder hat die Frau einen Putzfimmel oder es handelt sich um einen Zwang. Wobei ich eher davon ausgehe, dass es sich um eine einfache Hausfrauenmacke handelt. Meine Frau hat die schließlich auch.

Rosi putz ebenfalls oftmals Stellen, an denen ich nicht mal ein Staubkorn erkennen kann, während sie so tut, als wäre ein Erdrutsch durchs Haus gejagt. Anschließend jammert sie wieder, weil sie so viel Arbeit hat. Aber natürlich kann ich ihr nicht sagen, dass sie sich die meiste Arbeit sparen könnte.

Ich setze mich auf den Rücksitz, damit Frau Miethaner auf dem Beifahrersitz Hansi den Weg weisen kann. Sie lotst uns aus der Stadt raus.

„Da vorne müssen wir rechts."

Sie deutet mit dem Finger auf die kommende Kreuzung, während Hansi den Blinker setzt. Noch ein paarmal weist sie die Richtung, bis wir irgendwann mitten in der Pampa stehen und von einem Parkplatz jede Spur fehlt.

„Ich glaube da sind wir falsch", murmelt sie schließlich, nachdem sie sich ausgiebig umgesehen hat. „Wir müssen umdrehen."

Hansi nickt ihr zu, bevor er den Rückwärtsgang einlegt und den Wagen wendet.

„Ich glaube wir hätten auf der Hauptstraße noch eine Querstraße weiterfahren müssen", murmelt sie nachdenklich.

„Dann fahren wir nochmal zurück", entgegnet Hansi. „Ist ja kein Problem."

Kurz darauf befinden wir uns wieder auf der besagten Hauptstraße und fahren noch ein Stück weiter.

„Und hier jetzt rechts?“, fragt Hansi sie.

„Ich glaube schon, bin mir aber nicht ganz sicher“, entgegnet sie.

Er setzt trotzdem den Blinker und lenkt den Wagen in die Seitenstraße.

„Wir versuchen es einfach“, sagt er geduldig.

Eine Weile bleiben wir auf der Straße, bis Frau Miethaner plötzlich ihre Hand hebt und nach links deutet.

„An das Gebäude kann ich mich erinnern. Ich glaube wir sind auf dem richtigen Weg“, ruft sie.

Auf der linken Seite befindet sich eine Scheune, mit einem großen Werbeplakat für ein Hotel an der Wand.

„Ich habe mir nämlich gedacht, mein Mann hätte sich mit dem Kerl besser dieses Hotel nehmen sollen“, gesteht sie etwas kleinlaut.

„Und da vorne müssen wir jetzt wieder links, dann sollten wir da sein.“

Hansi biegt ab und tatsächlich befinden wir uns kurz darauf vor einem abgelegenen Parkplatz.

„Stopp, wir sind da“, ruft sie sichtlich angespannt.

Sie sieht aus, als hätte sie einen Geist gesehen, was wohl daran liegt, dass sie gerade von den Erinnerungen heimgesucht wird. Am liebsten würde ich ihr eine Hand auf die Schulter legen, doch das wäre dann wohl doch etwas unangemessen.

Hansi holt sein Handy aus der Hosentasche und wischt darauf herum.

„Ich speichere mir nur schnell die Koordinaten ein, damit wir wieder herfinden. Dann fahre ich sie nach Hause“, murmelt er.

Ich bin beeindruckt, dass er das kann, denn normalerweise ist für dieses technische Zeug Simone zuständig. Vermutlich hat sie ihm noch eine Kurzeinweisung gegeben, bevor sie in Urlaub gegangen ist.

Es dauert nicht lange, bis er sein Telefon wieder einsteckt und den Wagen erneut wendet. Je weiter wir uns von dem Ort des Geschehens entfernen, desto entspannter wird Frau Miethaner. Ich sehe ihr an, wie sie sichtlich lockerer wird. Die ganze Sache nimmt sie wirklich sehr mit und auch wenn es mir schrecklich leidtut, dass wir sie erneut hierherbringen mussten, konnten wir es ihr nicht ersparen.

Wobei ich den Ort jetzt nicht als sonderlich anstößig wahrgenommen habe. Wir waren zwar nur kurz da und ich habe mich kaum umgesehen, aber nichts deutete auf irgendwelche sonderbare Nutzungsweisen dieses Parkplatzes hin.

Er wirkte wie ein ganz normaler, kleiner Wanderparkplatz. Es stand auch ein Auto dort, doch wenn ich das auf die Entfernung richtig gesehen habe, dann war das nicht besetzt. Vermutlich hat es ein

Wanderer dort abgestellt, bevor er zu einer Tour aufgebrochen ist.

„Zu welcher Tageszeit, haben Sie Ihren Mann eigentlich hierher verfolgt?“, frage ich sie schließlich.

„Die genaue Uhrzeit weiß ich nicht mehr, aber es war schon ziemlich dunkel.“

„Und wie konnten Sie dann das Schild an der Scheune lesen?“, hake ich irritiert nach.

„Das war beleuchtet.“

10. Kapitel

09. März, nachmittags halb fünf in Straubing

Nachdem wir Frau Miethaner zu Hause abgesetzt haben, fahren wir zurück ins Revier. Mal sehen, ob den Kollegen dieser Parkplatz bekannt ist und es sich dabei tatsächlich um einen Sextreffpunkt handelt.

Gleich im Erdgeschoss machen wir Halt bei den Kollegen der Streifenpolizei, die täglich am Geschehen sind. Wenn dieser Parkplatz irgendwie auffällig geworden ist, dann wissen sie es auf jeden Fall. Natürlich könnten wir auch im Computer nachsehen, aber ich bevorzuge da die altmodische Art.

„Servus Leute!“, rufe ich zur Begrüßung, als ich den Raum betrete.

„Ja Ramsauer, Servus!“

Ein Kollege, den ich noch aus meiner Zeit bei der Streifenpolizei kenne, springt von seinem Stuhl auf und reicht mir zur Begrüßung die Hand. Er ist hier irgendwie hängengeblieben, während alle anderen Kollegen von damals, mittlerweile neue Wege im Bereich der Polizeiarbeit eingeschlagen haben. Aber er hat es schon immer geliebt direkt am Geschehen zu sein und sich die bösen Jungs vorzuknöpfen.

Der Rest der Kollegen, die sich in diesem Raum befinden sind jung und frisch aus der Ausbildung. Einige sogar noch mittendrin. Letztendlich ist hier der Start für jeden frischen Polizisten und ich ertappe mich dabei, wie ich in Erinnerungen schwelge.

Es war wirklich eine schöne Zeit damals, auch wenn ich dabei das ein oder andere Mal der Gefahr ziemlich nahegekommen bin. Allerdings war ich zu dieser Zeit noch jung und fit. Es war kein Verbrecher dabei, der mir davonlaufen konnte. Auch wenn ich nie gerne Sport gemacht habe, war ich verdammt schnell, wenn es darauf ankam.

„Welchem Umstand haben wir euren Besuch zu verdanken?“, fragt er nach.

Hansi zückt sein Telefon.

„Wir haben hier Koordinaten von einem Wanderparkplatz etwas außerhalb der Stadt. Kommen euch dieser bekannt vor?“

„Ich glaube wir wissen auch ohne die Koordinaten welchen Parkplatz ihr meint“, entgegnet einer der jungen Kollegen schmunzelnd.

„Ach ja?“, hake ich nach.

„Es geht euch doch bestimmt um den Porno-Parkplatz oder?“

Hansis Augenbrauen schnellen in die Höhe und er sieht ihn verdutzt an.

„Porno-Parkplatz?“, murmelt er ungläubig.

„Jetzt sagt nicht, ihr habt noch nichts davon gehört!“

Der junge Kollege sieht von Hansi zu mir und erwartet offensichtlich eine Reaktion.

„Den gibt´s also wirklich?“

Mit meiner Frage löse ich eine amüsierte Reaktion von den übrigen Kollegen aus. Offensichtlich tragen wir mit unserer Unwissenheit zur allgemeinen Belustigung bei.

„Ja, den gibt´s wirklich“, stimmt der Kollege mir zu. „Wir waren da schon einige Male dort, weil wir Anrufe erhalten haben, dass es dort zugehen soll, wie bei Sodom und Gomorra.“

„Und, geht es da denn zu wie bei Sodom und Gomorra?“, fragt Hansi.

„Was glaubst du, warum wir ihn Porno-Parkplatz nennen?“

Bei der Gegenfrage grinsen alle anwesenden Kollegen anzüglich. Sind wir hier etwa wirklich die Einzigen, die absolut nichts davon wussten?

„Also treffen sich dort normale Pärchen für ein sexuelles Abenteuer oder was?“, hake ich nach.

„Na ja, als normal würde das vielleicht nicht jeder bezeichnen“, entgegnet ein junger Kollege. „Wir haben da schon Sachen gesehen …“

„Dann sollten wir da mal vorbeifahren und uns umhören. Vielleicht kennt ja einer dort unser Opfer“, schlage ich vor.

„Schafft ihr beide das alleine, oder sollen wir euch Schützenhilfe geben?“

Ich wechsle mit Hansi einen Blick, bevor er seine Schultern strafft und sein Kinn reckt.

„Das kriegen wir schon hin“, sagt er entschlossen.

Allerdings bin ich mir nicht so ganz sicher, ob ich das genauso sehe. Wer weiß, was dort auf uns wartet. Vielleicht wäre es tatsächlich ratsam ein wenig Beistand mitzunehmen. Aber das können wir jetzt natürlich nicht den Kollegen gegenüber zugeben. Daher nicke ich zustimmend, bevor wir zurück in unser Büro gehen.

Dort ruft Hansi alle Dateien auf, die wir in Zusammenhang mit dem Parkplatz finden können. Ich sehe ihm dabei über die Schulter und wir überfliegen gemeinsam einen Fall nach dem anderen.

„Okay, offensichtlich gibt es auch Hinweise, dass dort Prostitution betrieben werden könnte“, murmelt Hansi, als er seinen Blick starr auf den Bildschirm gerichtet hat.

„Es ist auch von männlichen Prostituierten die Rede“, lese ich vor und deute auf die Stelle in dem Bericht.

„Vielleicht hat sich unser Opfer dort ja nicht mit seinem Freund getroffen, sondern mit einem Stricher“, vermutet Hansi.

„Du denkst, er hat für Sex mit dem Mann bezahlt?“, hake ich misstrauisch nach.

„Wäre doch gut möglich. Immerhin wollte er ja absolute Verschwiegenheit.“

Hansi sieht zu mir hoch und runzelt die Stirn. In diesem Moment bin ich wieder damit beschäftigt, die vielen ungewollten Bilder in meinem Kopf im Zaum zu halten.

„Dann fahren wir also heute Nacht hin?“, frage ich ihn.

Er nickt.

„Welche Uhrzeit?“

„Keine Ahnung, zu welcher Uhrzeit man sich für solche Stelldicheins auf einem Parkplatz trifft“, murmelt er schulterzuckend.

„Bei Frau Miethaner hat es sich so angehört, als wäre sie ziemlich früh am Abend dorthin ihrem Mann gefolgt.“

„Was hältst du davon, wenn ich dich um halb neun abhole und wir anschließend dort vorbeifahren?“, fragt er.

„Da bin ich ja wirklich gespannt, was uns erwartet.“

„Ja, ich auch“, stimmt er mir etwas angespannt zu.

Das ist wohl für uns beide eine vollkommen neue Erfahrung. Keiner von uns hatte bisher auf diesem Gebiet Erfahrungen gesammelt. Selbst während meiner Zeit als Streifenpolizist hatte ich nie mit Prostitution zu tun.

Das Landleben hat eben auch viele Vorteile. Die Kriminalität hält sich bei uns Gottlob in Grenzen und Probleme mit Prostitution gibt es vorwiegend im Grenzbereich. Damit haben wir allerdings nichts zu tun. Dass jetzt aber direkt vor unserer Haustür ein Porno-Parkplatz existiert sind völlig neue Umstände.

Womöglich liegt dort auch noch die Ursache für den Tod meines alten Schulfreunds. Ihm bin ich es auf jeden Fall schuldig herauszufinden, was genau mit ihm geschehen ist und dafür muss ich diesen Parkplatz genau unter die Lupe nehmen, auch wenn mir das ganze etwas Bauchschmerzen bereitet.

„Dann fahre ich jetzt nach Hause und erkläre meiner Frau, warum ich heute noch auf einen Porno-Parkplatz fahre."

Hansi verzieht amüsiert die Mundwinkel und ich kann den Schalk in seinen Augen sehen.

„Dann bis später!"

11. Kapitel

09. März, abends halb neun in der Nähe von Straubing

Hansi hat die Koordinaten ins Navi eingegeben und wir sind auf dem Weg zu dem besagten Parkplatz. Als wir an der Scheune vorbeifahren, sehen wir die Beleuchtung des Werbeplakates, so wie es uns Frau Miethaner gesagt hat. Vermutlich versucht das Hotel ein paar der Liebespärchen abzufangen, die sich nach ihrem Abenteuer auf dem Parkplatz noch ein Zimmer nehmen möchten.

Ich kann nicht leugnen, dass sich eine Mischung aus Aufregung und Neugierde in mir breit macht, als wir uns dem Parkplatz nähern. Was uns wohl erwarten wird?

Dort angekommen finden wir auf dem Parkplatz überraschend viele Autos vor. Eigentlich sollte doch ein Wanderparkplatz bei Nacht leer sein. Die Hinweise, dass es sich hier tatsächlich um einen „Porno-Parkplatz" handelt, wie unsere Kollegen ihn so schön nennen, verhärten sich zunehmend.

„Und was machen wir jetzt?", fragt Hansi etwas ratlos.

„Ich würde sagen, wir parken jetzt mal etwas abseits und beobachten zuerst mal, wie es hier zugeht“, schlage ich vor.

Hansi nickt und parkt den Wagen rückwärts in eine Ecke des Parkplatzes. Anschließend stellt er den Motor ab. Wir sitzen im Dunkeln und warten. Es dauert nicht allzu lange, bis ein weiteres Auto ankommt und am Rand des Platzes parkt. Als hätte jemand nur darauf gewartet, wird eine Tür von einem anderen Auto geöffnet.

Ein Mann steigt aus und geht zu dem eben angekommenen. Er steigt auf der Rückseite ein und in diesem Moment öffnet sich die Fahrertür des Autos und ein weiterer Mann steigt aus, nur um gleich danach ebenfalls auf der Rückbank einzusteigen.

Leider ist es auf dem Parkplatz ziemlich dunkel, denn es gibt hier keine Straßenlampen. Lediglich der helle Mond spendet etwas Licht. Doch das reicht um zu sehen, wie sich das Auto bewegt. Wie es scheint bewegen sich die beiden Männer in dem Wagen und ich möchte mir gar nicht erst vorstellen, was darin vor sich geht.

„Siehst du das auch?“, flüstert Hansi mit heiserer Stimme.

„Du meinst, das Wackeln?“, frage ich ihn.

„Ja.“

„Ist ja kaum zu übersehen“, brumme ich.

„Was machen die denn da?“, hake ich nach.

„Ich bin nicht sicher, ob ich das wirklich wissen will.“

Es wird still im Auto und ich kann Hansis Gedanken beinahe hören. Wir wissen beide nicht so genau, wie wir mit der Situation umgehen sollen. Eigentlich wäre es nun an der Zeit auszusteigen und an jedes einzelne Autofenster zu klopfen, um die Leute zu befragen, ob sie unser Opfer kennen. Doch wir haben beide wohl Skrupel, was uns im jeweiligen Inneren erwartet.

„Was hältst du davon, wenn wir warten, bis einer hier das Auto startet und den Parkplatz verlassen möchte. Das ist für uns der richtige Zeitpunkt um einzugreifen“, schlage ich vor.

„Ja gut. Wir warten“, stimmt er mir zu.

Ich glaube er ist erleichtert noch etwas zeitlichen Aufschub bekommen zu haben. Vermutlich ist es einfach nur feige, denn wir könnten genauso gut gleich loslegen. Aber Hansi und ich sind uns wohl einig, das Ganze so lange wie möglich aufzuschieben.

Es dauert nur wenige Minuten, bevor Lichter erneut einen Wagen ankündigen.

„Da kommt schon wieder ein Auto“, sagt Hansi ungläubig.

„Ja, hier geht´s zu wie im Taubenschlag“, stimme ich ihm zu.

Erneut sehen wir dabei zu, wie aus einem parkenden Auto jemand aussteigt und in das gerade vorgefahrene wieder ein. Diesmal handelt es sich dabei um eine Frau und sie steigt nicht hinten ein, sondern auf der Beifahrerseite.

„Ach komm, das sehen wir uns jetzt an!“, sage ich schließlich entschlossen.

Ewig hier zu warten bringt ja auch nichts. Außerdem sind wir Polizisten und ermitteln in einem möglichen Mordfall. Zumindest muss ich rausfinden, ob es Mord war, denn sonst kann ich keine Nacht mehr ruhig schlafen.

„Bist du sicher?“, fragt Hansi zweifelnd.

„Willst du etwa hier ewig warten?“

Hansi zuckt die Schulter.

„Gut, wenn du meinst.“

Bevor er die Tür öffnet, halte ich ihn zurück.

„Aber wenn die mitbekommen, dass wir von der Polizei sind, hauen vielleicht alle ab.“

Hansi sieht mich stirnrunzelnd an.

„Sollen wir mit dem Wagen die Einfahrt versperren?“

„Wir hätten doch Verstärkung mitbringen sollen“, murmle ich nachdenklich.

Wenn wir hier jetzt alle aufscheuchen und sich rumspricht, dass wir nach dem Kerl suchen, der womöglich mit einem Mordfall zu tun hat, dann wird der ganz sicher davon erfahren und nicht mehr hierherkommen.

„Ich rufe jetzt die Kollegen“, sage ich schließlich entschlossen.

In diesem Fall möchte ich auf gar keinen Fall einen Fehler machen. Ich bin es meinem alten Freund schuldig, alles dafür zu tun, um zu beweisen, dass er sich nicht selbst umgebracht hat, wenn es denn so war.

Natürlich wäre es möglich, dass er sich die Überdosis tatsächlich selbst reingeworfen hat. Aber das kann ich einfach nicht glauben. Ich kenne ihn, oder vielmehr kannte ihn. Er gehörte nie zu den Menschen die aufgaben. Ein Kämpfer wie er, hätte sicherlich nicht leichtfertig einen Drogencocktail zu sich genommen, mit der Gefahr daran zu sterben.

Auch wenn ich es noch nicht beweisen kann, glaube ich, dass er ermordet wurde. Ich muss es nur noch beweisen.

Gerade als ich mein Telefon aus der Hosentasche krame, kommt ein weiteres Auto auf den Parkplatz. Doch diesmal bleibt es inmitten der Einfahrt stehen, so dass kein anderer Wagen mehr den Platz verlassen kann. Anschließend wird der Platz von blauem Blinklicht erleuchtet.

Überrascht sehe ich zu Hansi.

„Den Anruf kannst du dir wohl sparen."

Ich nicke ihm zu und stecke das Telefon zurück, bevor wir beide aussteigen und auf den Streifenwagen zugehen. Doch das Blaulicht lockt nicht nur uns aus dem Auto. Rundherum öffnen sich Türen und Leute laufen über den Parkplatz zu ihren eigenen Autos. Es ist ein richtiges Gewusel und der ein oder andere startet auch schon den Motor.

Da sich um den Parkplatz herum eine dichte Baumbepflanzung befindet, brauchen wir nicht zu fürchten, dass die Autos uns entwischen könnten. Einzig zu Fuß wäre es möglich, dass einer verschwindet. Aber dann muss er seinen Wagen zurücklassen und wir können ihn auf diese Weise ausfindig machen.

Daher gehen wir ganz entspannt zu unseren Kollegen.

„Wer hat euch denn gerufen?“, frage ich meinen alten Kollegen von früher.

„Niemand, aber wir dachten, ihr könntet unsere Unterstützung vielleicht brauchen“, entgegnet er schmunzelnd.

„Ja, das war vielleicht gar keine schlechte Idee“, stimme ich ihm zu.

„Dann teilen wir uns auf und scheuchen die Leute mal aus den Autos“, schlägt er vor.

12. Kapitel

09. März, abends halb elf in Straubing

Es ist spät geworden, bis wir schließlich im Revier ankommen, mit all jenen im Gepäck, die sich nicht ausweisen konnten und auch nicht kooperieren wollten. Dabei handelt es sich um zwei junge Frauen und einen Mann in den Dreißigern.

Von den restlichen Besuchern des Parkplatzes haben wir die Personalien aufgenommen und ihnen Georg Miethaners Bild unter die Nase gehalten. Alle haben behauptet ihn noch nie gesehen zu haben. Vielleicht erfahren wir ja von den dreien, die heute Nacht in einer Zelle verbringen werden, morgen mehr. Manchmal lockert eine Übernachtung im Gefängnis die Zunge.

Glücklicherweise kamen unsere Kollegen uns zu Hilfe, noch bevor ich sie angerufen habe. Der Tumult war nämlich sehr groß, als wir anfingen Fragen zu stellen. Wie wir erfahren haben, sind die meisten, die dort gewesen sind, verheiratet. Auf dem Parkplatz haben sie sich mit Prostituierten getroffen.

So viel wir bisher rausfinden konnten, wird dieser Parkplatz mittlerweile wie ein Puff genutzt. Der Aussage eines Freiers nach, gibt es einen

Geheimcode. Freier, die männliche Gesellschaft bevorzugen, setzen den rechten Blinker, wenn sie auf den Parkplatz fahren und parken dann links und wenn man sich eine Frau ins Auto holen möchte, genau andersrum.

Als uns dies einer der Freier erzählt hat, haben Hansi und ich einen erschrockenen Blick gewechselt. Ein Glück, dass wir gar keinen Blinker setzten, als wir auf den Parkplatz gefahren sind. Ansonsten hätten wir wohl ziemlich bald Besuch bekommen.

„Was hältst du davon, wenn wir den Kerl gleich noch befragen?“, frage ich Hansi.

„Nur den Mann?“, erwidert er. „Die Frauen nicht?“

„Ich habe da so ein Gefühl, dass der Mann Georg gekannt hat“, antworte ich.

„Du meinst er hat sich mit ihm auf dem Parkplatz getroffen?“

„Sein Blick, als ich ihm Georgs Bild unter die Nase gehalten habe … Ich bin mir ziemlich sicher, dass er gelogen hat, als er behauptete ihn nicht zu kennen“, antworte ich.

„Dann sollten wir ihn uns doch mal zu Gemüte führen.“

Wir warten bis die Kollegen mit der Aufnahme der Personalien und den Fingerabdrücken fertig sind. Als sie ihn aus dem Raum führen, stehen wir schon bereit und übernehmen ihn direkt.

„Wir haben noch ein paar Fragen an den Herrn“, sage ich zu unserem Kollegen.

„Was ist mit den beiden Frauen?“, hakt der Kollege nach.

„Die befragen wir erst morgen“, erwidert Hansi.

Anschließend führen wir den Mann in ein Verhörzimmer. Ich werfe einen Blick in die Akte.

„Also Herr Keller, sind Sie denn öfter auf diesem Parkplatz?“, frage ich ihn.

„Gelegentlich“, entgegnet er schulterzuckend.

„Und was machen Sie dort?“, hake ich nach.

„Ich treffe mich mit Freunden“, erwidert er. „Das ist doch nicht verboten oder?“

„Natürlich nicht. Sie können sich ja treffen mit wem auch immer sie wollen.“

Bei meiner Aussage zucken seine Mundwinkel selbstsicher. Er kommt mir für meinen Geschmack zu hochmütig vor. Wie es scheint ist er davon überzeugt, dass wir ihm nichts anhaben können. Dafür gibt es nur zwei Möglichkeiten. Entweder, er hat nichts getan oder er ist sich sicher, dass wir ihm nichts nachweisen können.

„Und wie ist das, zahlen Ihre Freunde denn auch für die Treffen?“, hake ich nach.

„Wollen Sie mir unterstellen, dass ich mich für Sex bezahlen lasse?“

Er wirkt aufgebracht. Dabei bin ich mir ziemlich sicher, dass ich mit meiner Aussage völlig richtig liege. Der Kerl hat seinen Körper verkauft und das sicher nicht nur einmal. Wenn Georg ebenfalls ein Kunde von ihm war, dann wäre es gut möglich, dass er etwas über den Tod meines alten Freundes weiß.

„Nein, das wollen wir Ihnen nicht unterstellen. Wir wissen es sogar“, entgegne ich.

Der Blick von Herrn Keller verfinstert sich und er sieht mich finster an.

„Das ist eine unglaubliche Unterstellung.“

„Wir haben genügend Aussagen, die bestätigen, dass es sich bei dem Parkplatz um einen geheimen Treffpunkt für Prostitution handelt. Wir haben gesehen, wie sie auf den geheimen Code eines ankommenden Wagens aus ihrem Auto gestiegen sind und zu ihrem Freier gingen.“

Sein Blick verfinstert sich weiter. Wie es scheint habe ich den Nagel auf den Kopf getroffen und seine Miene verrät ihn. Genauso, wie sie es getan hat, als ich ihm ein Bild von Georg gezeigt habe.

„Und das war nicht das einzige Mal, dass Sie uns angelogen haben, nicht wahr?“, hakt nun Hansi nach.

„Ich bin kein Stricher und kenne auch diesen Mann nicht, dessen Bild sie mir gezeigt haben!“, antwortet er nach kurzem Zögern.

Seine Miene wirkt entschlossen und dennoch kann er nicht verbergen, dass er uns anlügt. Es sind seine Augen, die ihn verraten. Aber so wie er aussieht, hat er nicht vor das zuzugeben. Vielleicht hilft es ja, ihn noch eine Nacht in die Zelle zu sperren. Womöglich ist er morgen früh redseliger.

„Wie es scheint, haben Sie nicht vor mit uns zu kooperieren“, sage ich seufzend. „Dann müssen Sie die Nacht wohl in einer Zelle verbringen.“

Meine Hoffnung, er könnte bei dieser Drohung einknicken, bestätigt sich leider nicht. Er bleibt standhaft und verschränkt entschlossen die Arme vor der Brust.

Ich wechsle mit Hansi einen Blick, der schließlich schulterzuckend von seinem Stuhl aufsteht.

„Na dann, schlage ich vor, wir gehen jetzt mal alle ins Bett und schlafen eine Nacht darüber.“

Er nickt Herrn Keller auffordernd zu.

„Sie wollen mich jetzt wirklich hierbehalten?“, fragt er vorwurfsvoll.

„Möchten Sie nun doch reden?“, entgegne ich übertrieben überrascht.

„Dann würde ich mich auch wieder hinsetzen“, sagt Hansi nachdem Herr Keller nicht antwortet.

Herr Keller weicht unserem Blick aus und presst seine Lippen fest aufeinander.

„Na dann, können wir Ihnen eine Nacht in der Zelle wohl nicht ersparen“, seufzt Hansi und zeigt ihm mit einer Handbewegung an, dass er aufstehen soll.

Mit einem grimmigen Brummen kommt er der Aufforderung nach und wir bringen ihn zurück zu einem Kollegen, der ihn zu seiner Zelle geleitet.

„Gute Nacht“, rufe ich ihm provozierend hinterher.

Allerdings erhalte ich drauf keine Reaktion. Wie es aussieht ist Herr Keller bockig, weil wir ihn hier festhalten. Unser Kollege sieht über die Schulter zu uns zurück und schmunzelt dabei.

„Gute Nacht“, ruft er zurück.

Wenigstens einer, der meinen Gruß erwidert.

„Da geht er hin“, murmle ich und sehe ihm sehnsüchtig hinterher.

Es wäre auch wirklich zu schön gewesen, wenn er geredet hätte. Jetzt muss ich wohl noch eine Weile warten, bis ich erfahre, wie mein alter Freund wirklich gestorben ist. Aber mein Gefühl sagt mir, dass dieser Kerl etwas damit zu tun hat und wenn dem so ist, dann werde ich ihn schon zum Reden bringen. Sollte er wirklich für Georgs Tod verantwortlich sein, dann wird er dafür auch büßen.

„Geh weiter Ramsauer, fahren wir“, schlägt Hansi vor. „Für heute reichts.“

13. Kapitel

10. März, vormittags halb neun in Straubing

Gestern habe ich mit Hansi noch ausgemacht, dass wir heute um neun Uhr die beiden Frauen befragen, bevor wir uns den Herrn Keller nochmal vornehmen. Ich gehe davon aus, dass auf dem Parkplatz immer dieselben Leute ihrer sogenannten Arbeit nachgehen. Daher habe ich Hoffnung, dass vielleicht eine der Frauen gesehen hat, wer sich dort mit meinem alten Schulfreund getroffen hat.

Ich halte noch kurz am Kaffeeautomaten und nehme zwei Becher mit. Schließlich wird das vielleicht ein verdammt langer Vormittag. Somit ist ein kleiner Koffeinschub unverzichtbar. Als ich mit dem Kaffeebechern unser Büro betrete, sieht Hansi von seinem Schreibtisch auf.

„Oh, du hast Kaffee mitgebracht, das ist perfekt, danke!“

Ich übergebe ihm einen der Becher und setze mich auf meinen Stuhl.

„Übrigens, Simone hat eine Nachricht geschrieben.“

Er dreht mir sein Display zu und zeigt mir ein Bild auf dem Simone auf einer überaus hohen Plattform steht. Hinter ihr sieht man die weite Landschaft und einen strahlend blauen Himmel.

„Sie scheint ihren Urlaub zu genießen“, sage ich ihm. „Wo ist sie da überhaupt?“

„Warte, sie hat es dazu geschrieben!“

Hansi richtet seinen Blick erneut auf sein Smartphone.

„Wald-Wipfel-Ei“, liest er vor. „Hast du davon schon mal gehört?“

Hansi runzelt die Stirn und sieht mich irritiert an.

„Nein, nicht das ich wüsste.“

„Soll ich ihr schreiben, dass wir sie hier brauchen?“, fragt Hansi.

„Bist du völlig verrückt?“, entgegne ich kopfschüttelnd. „Wir schaffen das auch ohne sie. Eigentlich hatte ich ja vor, den Fall noch abzuschließen, bevor Simone wiederkommt.“

„Dann haben wir noch genau zwei Tage Zeit“, erwidert Hansi zweifelnd.

„Ich weiß, dass ist etwas sportlich. Vor allem, da wir bisher noch gar kein Plan haben, was überhaupt genau vorgefallen ist.“

Hansi nickt mit verzogenem Mund bei meiner Aussage. Aber die Blöße, Simone aus ihrem Urlaub zu holen, weil wir zwei Trottel es nicht schaffen den Fall zu lösen, werden wir uns ganz sicher nicht geben. Nicht, solange ich noch ein Wörtchen mitzureden habe.

„Wollen wir los?“, fragt Hansi mich schließlich, nachdem er seinen Kaffeebecher geleert hat.

„Hören wir uns mal an, was die Frauen uns zu sagen haben“, stimme ich ihm zu.

Wir machen uns auf den Weg zum Verhörraum, wo bereits die erste Dame auf uns wartet. Sie ist viel zu spärlich gekleidet, für diese Jahreszeit. Ein Wunder, dass sie sich in den Klamotten noch nicht den Tod geholt hat.

Außerdem wirkt sie ziemlich nervös. Ihre Pupillen sind geweitet und ich bin nicht sicher, ob sie auf Entzug ist, oder sich womöglich sogar noch was eingeworfen hat. Gut möglich, dass sie noch Drogen in sich hat, die sie sich kurz vor der Festnahme heute Nacht noch eingeschmissen hat.

Aber, dass sie ein Drogenproblem hat, steht außer Frage. Ihr Anblick verrät sie und nicht nur das, auch ihre Körpersprache macht deutlich, dass sie auf Droge ist.

„Wollen Sie ein Glas Wasser?“, frage ich sie, denn sie wirkt, als würde sie jeden Moment umkippen.

Sie nickt hektisch und fummelt an ihren Fingerspitzen. Ich wechsle mit Hansi einen Blick, bevor ich aufstehe und ein Glas Wasser hole. Als ich zurückkomme, scheinen die beiden nicht wirklich weiter zu sein. Offensichtlich hat Hansi mit der Befragung auf mich gewartet.

Ich stelle das Glas vor ihr ab, bevor ich mich wieder an den kleinen Tisch setze. Sie nimmt einen kleinen Schluck, bevor sie erneut an ihren Fingerkuppen nestelt. Hansi holt sein Telefon aus der Hosentasche und ruft Georgs Foto auf.

„Gestern haben Sie ja behauptet, Sie hätten diesen Mann noch nie gesehen“, sagt er, als er ihr das Telefon über den Tisch schiebt. „Vielleicht können Sie sich ja heute erinnern?“

Sie presst ihre Lippen fest aufeinander und schüttelt den Kopf.

Ich stoße den Atem auf und sehe sie vorwurfsvoll an.

„Kommen Sie schon! Je eher Sie mit uns reden, desto früher können wir sie gehenlassen.“

Sie blickt auf und sieht mich mit zusammengekniffenen Augen misstrauisch an. Es scheint als würde sie überlegen, wie sie sich entscheiden soll.

„Ich kenne diesen Mann wirklich nicht“, beteuert sie schließlich.

Wir sehen sie zweifelnd an.

„Ehrlich!“, wiederholt sie ihre Beteuerung mit Nachdruck. „Ich bin noch nicht so lange auf diesem Parkplatz tätig und er war noch nie mein Freier, daran könnte ich mich definitiv erinnern.“

Eine Weile stellen wir ihr noch Fragen, bis wir schließlich ziemlich sicher sind, dass sie uns die Wahrheit sagt. Wir lassen sie schließlich gehen. Vielleicht haben wir ja bei der zweiten Frau mehr Glück.

Diese wartet bereits in einem anderen Verhörraum auf uns.

„Sollen wir gleich weitermachen, oder gönnen wir uns eine kurze Kaffeepause?“, fragt Hansi.

„Jetzt ziehen wir es schon durch!“

Ich möchte keine Zeit mehr verlieren, denn wir haben noch immer keinen Hinweis, wie Georg gestorben ist.

„Gut, dann eben keinen Kaffee“, seufzt er, bevor wir den Raum verlassen und uns auf den Weg zu der nächsten Zeugin machen.

Als wir dort eintreffen, ist der Anblick in etwa gleich. Die Frau ist spärlich gekleidet, stark geschminkt und hat auftoupierte Haare. Es gibt nur einen Unterschied. Diese Frau scheint völlig klar zu sein. Sie sieht nicht so aus, als hätten Drogen ihren Verstand vernebelt.

Sie wirkt weder nervös, noch eingeschüchtert, sondern vielmehr überaus genervt.

„Wie lange wollt ihr mich hier eigentlich noch einsperren?“, ruft sie aufgebracht, als wir den Raum betreten.

„Wenn Sie kooperieren, können Sie das Revier schon bald verlassen“, antwortet ihr Hansi.

Erneut schiebt Hansi das Bild über den Tisch und obwohl die Frau sich gestern vehement weigerte auch nur einen Blick darauf zu werfen, wirkt sie heute aufgeschlossener. Zumindest sieht sie sich das Foto heute an.

„Ja, ich kenne zwar den Kerl nicht, aber das Kennzeichen, das Sie mir gestern gezeigt haben. Der Wagen war gewissermaßen Stammgast auf dem Parkplatz. Zumindest bis vor Kurzem“, antwortet sie schließlich.

„Kein Wunder, dass er in letzter Zeit nicht mehr aufgetaucht ist, schließlich ist der Besitzer tot“, knurre ich.

Meine Worte scheinen sie völlig kalt zu lassen, denn sie verschränkt die Arme vor der Brust und rollt genervt mit den Augen.

„Ich hatte mit dem Kerl nie was zu tun, denn er bevorzugte das andere Geschlecht“, erklärt sie.

„Wissen Sie denn, ob er sich dort immer mit demselben Mann getroffen hat, oder war er da nicht wählerisch?“, hake ich nach.

„Also anfangs hat er genommen, wer gerade da war“, erzählt sie ohne Umschweife. „Aber die letzten Monate hat er definitiv gezielt auf einen Mann gewartet. Ich habe gesehen, wie er am Parkplatz ein paarmal die Typen wieder weggeschickt hat, und immer auf einen ganz besonderen gewartet hat.“

„Die letzten Monate?“, rufe ich ungläubig. „Wie lange ging das denn schon so?“

Ich kann mir gar nicht vorstellen, dass sich Georg schon über so lange Zeit in diesem Milieu der käuflichen Liebe rumgetrieben hat. Wie lange hat er denn seine Frau schon auf diese Weise betrogen?

„Also ich nutze den Parkplatz jetzt etwa seit einem Jahr und da war er definitiv schon Kunde."

Meine Augen weiten sich und ich kann gar nicht glauben, was diese Frau da von sich gibt. Lügt sie etwa? Aber warum sollte sie das tun?

„Und welcher Mann war das, mit dem er sich zuletzt immer getroffen hat?", hakt Hansi nach.

„Das war der Kerl, den Sie mit uns gestern festgenommen haben."

„Herr Keller?", fragt Hansi überrascht.

Sie zuckt mit der Schulter.

„Keine Ahnung, wie der Typ heißt."

14. Kapitel

10. März, vormittags halb elf in Straubing

„Ich hoffe Sie hatten eine angenehme Nacht?“, frage ich Herrn Keller, als wir den Verhörraum betreten.

„Ging so“, knurrt er sichtlich angepisst.

„Also Herr Keller, Sie können aufhören uns hier was vorzuspielen“, sagt Hansi vorwurfsvoll, als er sich den Stuhl vorzieht und sich dem Verdächtigen gegenübersetzt.

„Etwas vorspielen?“, fragt er mit hochgezogenen Brauen.

„Wir wissen, dass Sie mit Herrn Miethaner eine Beziehung hatten“, sage ich zu ihm. „Die Frage ist nur, ob diese nur geschäftlich oder auch privat war.“

„Ich kenne diesen Kerl nicht“, ruft er aufgebracht.

Er scheint versessen darauf, bei seiner Lüge zu bleiben.

„Hören Sie doch endlich auf es abzustreiten“, sagt Hansi genervt. „Jemand hat gesehen, wie Sie sich regelmäßig mit ihm getroffen haben.“

Natürlich sagte die Zeugin nur, dass Herr Keller in das Auto von Georg gestiegen ist und sie ihn nie zu Gesicht bekommen hat. Aber wer hätte denn bitteschön mit Georgs Auto auf den Parkplatz fahren sollen?

„Dann muss derjenige sich wohl verschaut haben“, sagt er widerspenstig. „Ich habe diesen Mann noch nie in meinem Leben gesehen.“

Will der Kerl uns etwa für blöd verkaufen?

Ich sehe zu Hansi, der mich misstrauisch ansieht. Offensichtlich sind wir einer Meinung, denn auch wenn die Zeugenaussage ganz klar gegen den Kerl spricht, so lässt sich doch nicht leugnen, dass er bei seiner verbissenen Verneinung irgendwie aufrichtig wirkt.

Auch wenn ich es wirklich nur sehr ungern zugebe, scheint es, als würde er die Wahrheit sagen. Ich hole ein Foto von Georgs Wagen aus der Akte, die ich dabeihabe. Auch wenn die meisten meiner Kollegen ausschließlich auf diese digitale Version mit dem Tablet umgestiegen sind, so ist es mir doch lieber, die wichtigsten Unterlagen ausgedruckt in der Hand zu halten.

Ich schiebe das Blatt über den Tisch unter Herrn Kellers Nase.

„Kennen Sie diesen Wagen?“, frage ich ihn.

Als er draufsieht, nickt er.

„Ja, den kenne ich schon. Der gehört einem Freier von mir“, antwortet er völlig unbeeindruckt.

„Das Freundchen, ist Herrn Miethaners Auto“, ruft Hansi und tippt auf das Foto.

„Mir ist scheißegal wem dieser Wagen gehört“, entgegnet Herr Keller schroff. „Aber der Kerl, der mit diesem Fahrzeug den Parkplatz aufgesucht hat, ist definitiv nicht der Typ von dem Foto.“

Langsam wird die Sache unglaublich suspekt. Nicht nur, dass unser Verdächtiger alles abstreitet, jetzt tut er auch noch so, als wäre Georg ein ganz anderer. Ich schüttle den Kopf, in der Hoffnung, dass sich meine Gedanken klären.

„Sie lügen uns doch von vorne bis hinten an“, sagt Hansi, verschränkt seine Arme vor der Brust und lehnt sich in seinem Stuhl zurück.

„Wissen Sie was, ich glaube es ist langsam besser, wenn ich gar nichts mehr sage und mir einen Anwalt besorge. Sie glauben mir ja doch nicht.“

„Können Sie uns den Mann beschreiben, der in diesem Wagen gesessen hat?“, frage ich ihn ruhig, denn wir sollten alle wieder etwas runterkommen, wenn wir der Wahrheit auf den Grund kommen wollen.

„Natürlich, ein südländischer Typ mit längeren dunklen Haaren und braunen Augen“, erklärt er.

Als er ansetzt mit der Beschreibung fortzufahren, hebe ich die Hand, um ihn aufzuhalten.

„Sie brauchen nicht weitersprechen, das war nicht Georg.“

Bereits bei südländischem Typ war schon sicher, dass er nicht von Georg gesprochen hat. Mein alter Schulfreund war alles andere als südländisch. Er war blond, gut mittlerweile grau, blauäugig und eher bleich, als braungebrannt. Der Mann von dem Herr Keller da spricht war definitiv nicht Georg Miethaner.

Auch wenn es völlig irrsinnig ist, glaube ich Herrn Keller. Wie es scheint war da noch jemand, der den Wagen von Georg gefahren hat.

„Du glaubst ihm?“, fragt Hansi mich überrascht.

Ich zucke die Schultern.

„Sind Sie sich denn auch sicher, dass Ihr Freier mit genau diesem Auto den Parkplatz besuchte? Stimmt auch das Kennzeichen?“, hake ich bei Herrn Keller weiter nach.

„Ja, da bin ich mir ganz sicher, weil wir uns jede Woche Montag dort treffen und ich schon immer auf ihn warte.“

„Moment, Sie sprechen in der Gegenwart“, werfe ich ein. „Soll das bedeuten Sie treffen sich noch immer regelmäßig mit ihm auf dem Parkplatz?“

„Natürlich, er fährt nur mittlerweile einen anderen Wagen.“

„Dann war er vergangenen Montag wieder da?“, hakt nun Hansi neugierig nach.

„Ja, das habe ich doch gerade gesagt.“

„Kennen Sie seinen Namen?“

Bei meiner Frage schüttelt er den Kopf.

„Das Kennzeichen, mit dem er vergangenen Montag auf dem Parkplatz war?“, frage ich hoffnungsvoll.

Erneut schüttelt er den Kopf.

„Welches Auto fährt er jetzt?“, versucht nun Hansi sein Glück.

„Keine Ahnung, es war dunkel und ich habe nicht aufgepasst, weil er diesmal zu mir in den Wagen gestiegen ist.“

„Verdammt“, murmle ich.

„Können Sie mir mal sagen, was hier eigentlich los ist?“, fragt er sichtlich aufgebracht.

Erst da fällt mir auf, dass wir ihm ja noch gar nicht gesagt haben, dass Georg tot ist und wir davon ausgehen, dass er womöglich ermordet wurde. Genauer gesagt gehe ich davon aus und Hansi wagt es nicht mir zu widersprechen, weil er genau weiß, dass ich diesen Fall nicht als Suizid zu den Akten legen werde, bevor ich mir absolut sicher bin, dass es wirklich Selbstmord war.

„Der Mann auf dem Foto, dessen Auto Sie gelegentlich für ihre Erwerbstätigkeit genutzt haben, ist tot“, eröffne ich ihm schließlich.

Sein Kinn klappt auf und nun wirkt er sichtlich bestürzt.

„Tot?“, fragt er atemlos. „Sie denken aber nicht, dass ich etwas damit zu tun habe?“

Es scheint, als ließe ihn nun die Situation nicht mehr so kalt. Offensichtlich hat er damit nicht gerechnet. Vielleicht hilft er uns ja jetzt ohne zu murren.

„Nein, wir glauben nicht, dass Sie es waren, aber Sie wissen vielleicht, wer mit Herrn Miethaner kurz vor seinem Tod zusammen war“, entgegne ich.

„Wir müssen herausfinden, wer mit dem Auto des Opfers unterwegs war“, erklärt ihm Hansi. „Werden Sie uns dabei helfen?“

Herr Keller sieht auf und nach kurzem Zögern nickt er. Mit seiner Hilfe haben wir eine Chance herauszufinden, wer Georgs geheimnisvoller Liebhaber war. So wie es aussieht hat er demjenigen nämlich sein Auto geliehen. Allerdings glaube ich nicht, dass er wusste, was derjenige damit getan hat. Ich kann mir nur schwer vorstellen, dass er damit einverstanden gewesen wäre, dass sein Wagen als Puff missbraucht wurde.

„Natürlich! Was kann ich tun?“, fragt Herr Keller entschlossen.

15. Kapitel

14. März, abends halb sechs in Straubing

Als ich das Büro betrete, ist auch Simone anwesend.

„Ja, die Urlauberin ist wieder da", rufe ich.

„Servus Karl, ich habe schon gehört, dass ihr mich schmerzlich vermisst habt."

Ich werfe Hansi einen Blick zu. Er zuckt entschuldigend mit den Schultern.

„Ja, aber nur, weil wir dich so gerne um uns haben. Die Arbeit machen wir mit links", entgegne ich.

Ihre Mundwinkel zucken belustigt.

„Ja, auch wenn ihr dabei einen ganzen Porno-Parkplatz hochnehmt", lacht sie.

„Hat dir der Hansi schon alles erzählt?"

„Freile", antwortet sie nickend. „Brühwarm!"

„Und heute legen wir uns auf die Lauer", sagt Hansi verschwörerisch.

„Da bin ich auf jeden Fall dabei", freut sich Simone.

Für meine Begriffe sind die beiden fast ein bisschen zu euphorisch, was das Ganze anbelangt. Man könnte fast meinen, sie freuen sich schon auf die Observation. Dabei hat der Hansi beim letzten Mal noch fast ein wenig verstört gewirkt, als wir auf den Parkplatz gefahren sind.

„Wir müssen nur schauen, dass wir nicht blinken, wenn wir auf den Platz fahren“, sagt Hansi mit erhobenem Zeigefinger ganz oberlehrerhaft.

„Blinken?“, fragt Simone stirnrunzelnd.

„Hat er dir das noch nicht erzählt?“

Sie sieht mich fragend an und schüttelt den Kopf.

„Es gibt da einen ganz besonderen Code, wenn man auf die eine Seite blinkt und auf der Entgegengesetzten parkt, dann outet man, für welches Geschlecht man sich interessiert“, erkläre ich ihr.

Simone zieht ihre rechte Augenbraue in die Stirn und wirkt etwas verwirrt.

„Aha.“

„Ist ja jetzt auch egal“, winke ich ab. „Gehen wir den Plan für heute Abend mal durch.“

„Wir warten auf dem Parkplatz, bis Herrn Kellers Freier auftaucht, damit wir ihn befragen können“, sagt Hansi.

„Ich warte mit Herrn Keller in seinem Auto“, schlage ich vor. „Sozusagen als kleine Überraschung, wenn der Kerl zu ihm einsteigt.“

„Und was willst du sagen, wenn der Falsche einsteigt?“, fragt Simone irritiert.

„Das wird nicht passieren“, wirft Hansi ein.

„Wie könnt ihr euch so sicher sein?“

„Weil Herr Keller für gewöhnlich in das Auto seiner Freier steigt. Nur bei diesem einen

Stammkunden macht er eine Ausnahme, seit er nicht mehr mit dem Wagen unseres Opfers unterwegs ist."

Bei meiner Antwort sieht sie mich an, als ob ich in Rätseln sprechen würde. Kein Wunder, denn diese komische Blinker-Code-Sache ist ganz schön verwirrend.

„Das ist nicht so einfach zu erklären", sage ich schließlich, um das Ganze abzukürzen.

„Sobald der Kerl dann im Wagen sitzt, steigen Simone und ich aus und kommen dir zu Hilfe, während du ihn schon mal festnimmst", ergänzt Hansi meine Ausführungen.

„So machen wir es!", stimme ich ihm zu.

Ich muss zugeben, dass ich eine gewisse Aufregung nicht leugnen kann. Dennoch kann ich es kaum erwarten diesen Kerl in den Verhörraum zu zerren, um aus ihm rauszuquetschen, was er mit Georg zu tun hatte.

Bevor wir uns auf den Weg zum Parkplatz machen, treffe ich mich mit Herrn Keller vor dem Revier. Es ist bereits stockdunkel und als ich zu ihm ins Auto steige bin ich etwas angespannt.

„Guten Abend", begrüßt er mich.

Ich nicke ihm zu. Als wir ihm letzte Woche den Vorschlag gemacht haben, dass er uns als Lockvogel dienen soll, hat er eine ganze Weile mit sich gehadert, bis er schließlich unserem Plan zugestimmt hat.

„Stimmen wir uns nochmal kurz ab“, schlage ich vom Rücksitz aus vor. „Sobald der Kerl auf unseren Wagen zugeht, gehe ich hier hinten auf Tauchstation. Sobald er auf dem Beifahrersitz platz nimmt, werde ich mich ihm vorstellen und ihn festnehmen.“

„Er ist ziemlich stark. Was wenn er auf mich losgeht?“, fragt er angespannt.

„Das wird er nicht tun, wenn ich ihn mit einem Elektroschocker bedrohe. Außerdem sind da meine Kollegen schon auf dem Weg zu uns und können eingreifen.“

„Na hoffentlich behalten Sie Recht.“

Er atmet tief ein, bevor er den Wagen startet. Die Fahrt dauert nur ein paar wenige Minuten, bevor wir am Porno-Parkplatz ankommen. Herr Keller parkt den Wagen. Es ist nicht viel los, aber das wird sich vermutlich schon bald ändern.

Nach etwa einer Stunde ist von dem Mann noch nichts zu sehen. Doch Herrn Keller ging schon ein Geschäft durch die Lappen, denn ein Wagen hatte den Blinker dementsprechend gesetzt. Allerdings habe ich Herrn Keller aufgefordert nicht auszusteigen, denn wir konnten nicht riskieren, dass uns der Verdächtige entwischt, nur weil sich Herr Keller im Auto eines anderen Freiers tummelt.

„Sie wissen schon, dass mir mit dieser Sache hier ein Haufen Geld durch die Lappen geht?“, fragt er mich vorwurfsvoll.

„Dafür leisten Sie eine gute Tat und helfen uns einen möglichen Mörder zu schnappen“, entgegne ich.

„Bisher sieht es nicht danach aus, als ob Ihr Mörder kommen würde.“

„Der kommt schon noch“, sage ich bestimmt.

„Vielleicht hat er ja wirklich etwas mit dem Tod von diesem Mann zu tun, und ist deshalb untergetaucht. Vielleicht hat er ja davon gehört, dass auf dem Parkplatz eine Befragung stattgefunden hat und sogar einige festgenommen wurden.“

Natürlich hat er mit seiner Aussage nicht ganz unrecht, aber daran möchte ich gar nicht denken. Wenn dieser Mann hier nicht auftaucht, dann haben wir einzig und alleine die schmächtige Beschreibung, die Herr Keller uns von ihm gegeben hat.

Dann bleibt uns nur ein Phantombild anzufertigen und uns damit auf die Suche nach dem Kerl zu begeben. Es wäre so viel einfacher, wenn wir dies hier und heute beenden könnten.

„Ich glaube jetzt kommt er“, sagt Herr Keller plötzlich und richtet sich im Sitz auf.

Sofort ist meine ganze Aufmerksamkeit auf den Wagen gerichtet, der gerade in den Parkplatz einbiegt. Es handelt sich um einen dunkelblauen Golf. Ich notiere mir Marke und Kennzeichen. Ein dunkel gekleideter Mann steigt aus und kommt auf uns zu.

„Das ist er“, flüstert Herr Keller. „Verstecken Sie sich!“

Sofort gehe ich hinter dem Beifahrersitz in Deckung und versuche mich so klein wie möglich zu machen. Die schützende Dunkelheit sollte verhindern, dass der Mann mich sieht. Ich gebe zu, dass mir das Herz in diesem Moment bis zum Hals schlägt. Ist das vielleicht die letzte Person, die Georg vor seinem Tod gesehen hat?

Womöglich ist er sogar sein Mörder!“

Die Beifahrertür wird geöffnet und der Sitz vor mir bewegt sich, als der Mann sich darauf niederlässt.

„Hallo mein Süßer“, gurrt er anzüglich. „Hast du mich schon vermisst?“

Ich warte noch einen kurzen Moment, um Hansi und Simone Zeit zu geben, sich uns zu nähern. Da ich nicht weiß, wie der Mann gleich reagieren wird, ist etwas Schützenhilfe sicherlich nicht schlecht.

„Zumindest haben wir schon auf Sie gewartet.“

Als ich mich aufrichte und den Mann anspreche, wirbelt er erschrocken zu mir herum. Ich sehe Hansi und Simone auf uns zukommen und offensichtlich bemerkt auch Herrn Kellers Freier die beiden.

Hecktisch greift er nach dem Türgriff.

„Versuchen Sie es gar nicht erst“, rufe ich ihm hinterher, als er die Tür aufreißt und nach draußen stürzt.

Wie ein Raubtier sprintet Simone ihm hinterher und springt ihn regelrecht zu Boden, während Hansi mit seiner Waffe auf den Mann zielt.

Herr Keller sieht dem Schauspiel mit offenstehendem Mund zu, bevor er mir sein Gesicht zuwendet. Durch die geöffnete Tür ist der Innenraum des Fahrzeugs hell erleuchtet und ich kann seine ungläubige Miene gut sehen.

„Ich habe ihn gewarnt", sage ich schulterzuckend. „Meine junge Kollegin versteht bei Fluchtversuchen keinen Spaß."

16. Kapitel

14. März, abends halb elf in Straubing

Wir sitzen jetzt schon eine halbe Stunde mit dem Mann im Verhörraum und er verweigert jegliche Aussage. Einzig seine Personalien konnten wir seinem Ausweis entnehmen.

„Wollen Sie uns nicht endlich sagen, in welcher Beziehung Sie zu Herrn Miethaner standen?“, hake ich weiter nach.

Irgendwann muss der Kerl doch endlich den Mund aufmachen. Es ist wirklich zum Mäuse melken. Ich bin mir absolut sicher, dass dieser Herr Menez etwas mit dem Tod von Georg zu tun hat.

Er bleibt stumm und wendet sein Gesicht ab. Ich ziehe tief die Luft ein, denn egal was wir sagen, dieser Mann weigert sich mit uns zu kommunizieren.

„Lass mal Ramsauer, ich würde sagen eine Nacht in der Zelle wird Herrn Menez vielleicht guttun. Womöglich ist er ja morgen bereit mit uns zu reden“, sagt Hansi.

„Bis dahin haben wir dann auch die Ergebnisse des Drogentests“, wirft Simone ein. „Ich bin sicher, der wird auch noch recht aufschlussreich.“

Bei Simones Worten hebt Herr Menez kurz den Blick und für den Bruchteil einer Sekunde habe ich die Hoffnung, er könnte doch endlich den Mund aufmachen. Doch dann reckt er das Kinn, verschränkt die Arme vor der Brust und sieht entschlossen zur Seite.

Wir drei verlassen den Verhörraum.

„Jetzt haben wir ihn endlich und dann macht der Mistkerl den Mund nicht auf“, fluche ich auf dem Weg zum Ausgang.

„Keine Sorge, den kochen wir schon weich“, sagt Simone beruhigend.

„Jetzt gehen wir alle erst einmal schlafen und morgen hören wir uns auch mal in Herrn Menez Bekannten- und Familienkreis um, wenn er sich weiter weigert mit uns zu sprechen“, schlägt Hansi vor.

Ich verabschiede mich von den beiden und trete den Heimweg an. Es ist schrecklich spät und ich bin wirklich müde. Ich bin einfach zu alt für diesen Beruf.

Als mein Wecker klingelt, ist das Bett meiner Frau schon leer. Als ich gestern Nacht nach Hause gekommen bin, hat sie schon geschlafen. Ich glaube seit ich in Pension bin, arbeite ich fast mehr, als zuvor.

In der Küche werkelt meine Frau schon wieder und ich frage mich, woher sie diesen Elan nimmt. Das

Frühstück steht bereits auf dem Tisch, während Rosi mit ihrer Küchenmaschine einen Teig anrührt.

„Guten Morgen“, sage ich, als ich den Raum betrete.

„Du hast ja schon aufstehen können“, sagt Rosi mit einer Prise Vorwurf in der Stimme. „Bist etwa gestern im Wirtshaus versumpft?“

„Von wegen Wirtshaus“, entgegne ich, als ich mich an den Tisch setze. „Ich habe bis in die Nacht gearbeitet.“

„Habt ihr etwa den Fall von deinem Schulfreund schon gelöst?“, fragt sie überrascht.

„Leider nein, von einer Lösung sind wir noch weit entfernt“, seufze ich. „Genau genommen haben wir noch keinen Schimmer, wie es überhaupt zu seinem Tod gekommen ist.“

„Dann wisst ihr noch nicht einmal, ob er sich selbst umgebracht hat?“, fragt sie.

„Nein, leider nicht. Aber zumindest haben wir einen Mann festgenommen, der offensichtlich mit ihm in letzter Zeit zu tun hatte.“

„Inwiefern zu tun?“, hakt sie nach.

„Wir glauben, dass er ein Verhältnis mit ihm hatte. Zumindest ist dieser Mann mit Georgs Auto auf den Porno-Parkplatz gefahren.“

„Porno-Parkplatz?“, ruft sie ungläubig.

„Das ist eine lange Geschichte“, winke ich ab. „Jedenfalls glaube ich, dass Georgs Liebhaber sich regelmäßig das Auto von ihm geliehen hat. Dafür muss ihre Beziehung aber doch schon etwas ernster gewesen sein."

„Was sagt denn der Liebhaber dazu?"

„Der schweigt verbissen."

„Das ist natürlich blöd."

Sie füllt den Teig in eine Kuchenform und ich recke meinen Kopf, um zu sehen, was sie da macht.

„Du brauchst gar nicht darauf hoffen, dass du davon etwas abbekommst", sagt sie mit hochgezogener Braue. „Der Kuchen ist für den Frauenbund."

Na toll!

Wenn es schon mal Kuchen gibt, dann ist er nicht für mich. Sie schiebt ihn in den Ofen, während ich mir die Diätwurst auf die Scheibe Vollkornbrot lege. Ich gebe ja zu, dass es gar nicht so schlecht schmeckt, wie es sich anhört. Dennoch würde ich so ein Stück Kuchen dem ganzen auf jeden Fall vorziehen.

„Und da kannst mir nicht ein Stück runterschneiden?", frage ich sie hoffnungsvoll.

„Wie stellst du dir das denn vor? Soll ich dann vielleicht einen angeschnittenen Kuchen mitnehmen?", antwortet sie mit einer Gegenfrage.

„Warum nicht?"

„Weil ich keinen angeschnittenen Kuchen zum Basar mitbringe!", erwidert sie entschlossen.

„Ein Versuch war es wert", brumme ich.

Ihre Mundwinkel zucken. Sie amüsiert sich wie so oft darüber, wenn sie mich damit quält, mir kalorienreiches Essen vorzuenthalten. Aber mittlerweile habe ich mich ja schon daran gewöhnt. Sogar mit dem Vollkornbrot habe ich mich mittlerweile angefreundet.

Glücklicherweise bin ich ja noch regelmäßig unterwegs, da kann ich mir die Weißmehlprodukte gönnen. So eine anständige Breze oder eine Rosinenschnecke ab und zu muss schon sein.

„Bist du heute zum Mittagessen da?“, fragt Rosi.

„Ich glaube nicht. Aber genau kann ich es noch nicht sagen, weil ich keine Ahnung habe, ob unser Verdächtiger heute gesprächiger ist. Falls nicht, müssen wir uns in seinem Umfeld durchfragen, um etwas zu erfahren, das uns vielleicht weiterhilft.“

„Dann koche ich erst fürs Abendessen. Ich muss nämlich um eins weg, um beim Basar zu helfen. Da wird es bestimmt Spätnachmittag, bis ich wieder nach Hause komme“, erklärt sie.

„Was ist denn das für ein Basar?“, hake ich nach.

Eigentlich interessiert es mich ja gar nicht, aber wenn ich schon nichts von dem Kuchen abbekomme, dann möchte ich wenigstens wissen warum.

„Ein Frühlingsbasar“, antwortet sie. „Du hast doch mitbekommen, dass ich die letzten Tage gebastelt habe.“

Sie sieht mich mit einer Mischung aus Vorwurf und Hoffnung an. Natürlich habe ich davon nichts mitbekommen, oder zumindest habe ich es nicht als basteln wahrgenommen. Aber das kann ich ihr natürlich nicht sagen, sonst ist sie wieder eingeschnappt.

„Ja klar, ich habe schon gesehen, dass du am Küchentisch gewerkelt hast“, flunkere ich.

Sie wirkt zufrieden, auch wenn sie mich etwas misstrauisch ansieht. Vermutlich kennt sie mich gut genug, um zu wissen, dass ich nicht wirklich registriert habe, was genau sie am Küchentisch machte.

„Wir haben alle gebastelt und gebacken und verkaufen die Sachen am Basar“, erklärt Rosi.

„Und was macht ihr mit dem Geld?“

„Einen Teil wollen wir dem Kindergarten spenden, die brauchen ein paar neue Spielgeräte im Garten und der Rest geht in die Frauenbundkasse. Da machen wir dann im Sommer wieder einen Ausflug.“

Ich werfe einen Blick auf meine Uhr.

„Oh verdammt, ich muss los!“, rufe ich und springe auf.

Glücklicherweise sind meine Rückenschmerzen wieder gänzlich verschwunden, sonst könnte ich mich jetzt nicht so schwungvoll bewegen. Ich hoffe wirklich, dass ich jetzt wieder für eine Zeit davon verschont bleibe.

17. Kapitel

15. März, morgens halb neun in Straubing

Die Verkehrsregeln lasse ich gerade etwas außer Acht, denn ich bin viel zu spät dran. Wir wollten Herrn Menez gleich morgens befragen. Ich hoffe mal meine Kollegen warten auf mich, denn sie wissen schließlich wie wichtig mir der Fall ist.

Ausgerechnet heute ist der Verkehr übermäßig. Keine Ahnung ob heute etwas Besonderes in der Stadt geboten ist oder ob ich einfach nur Pech habe. Es dauert etwa eine viertel Stunde, bis sich der Stau endlich auflöst. Jetzt kann ich auch sehen, was die Ursache war.

Ein Auffahrunfall, ausgeführt von einem jungen Mann, der sich offensichtlich mit dem Geschädigten darüber streitet, wer die Schuld an dem Unfall trägt. Es ist erwiesen, dass Frauen weit weniger Unfälle bauen, als dies Männer tun. Dabei sagt man immer, dass Männer die besseren Autofahrer sind. Natürlich finde auch ich, dass ich besser als Rosi fahre.

Allerdings muss ich auch zugeben, dass sie viel vorsichtiger und vorausschauender fährt, was vermutlich auch der Grund ist, warum Frauen weniger Unfälle bauen.

Als ich endlich im Revier ankomme, warten Simone und Hansi schon ungeduldig auf mich.

„Ja, wo bleibst du denn?“, ruft sie vorwurfsvoll.

„Jetzt hätten wir fast ohne dich angefangen“, stimmt Hansi ihr zu.

„Ich stand im Stau“, erwidere ich.

Natürlich ist das nur ein Teil des Umstands, dass ich zu spät komme. Irgendwie ist mir heute Morgen die Zeit davongelaufen und ich bin schon viel zu spät losgekommen. Simone sieht mich mit hochgezogenen Augenbrauen schmunzelnd an.

„Haben wir schon das Ergebnis des Drogentests?“, frage ich sie.

„Wir schon“, antwortet sie mahnend.

„Jetzt sag schon!“

„Ja, der Kerl nimmt definitiv Drogen. Der Test war positiv“, erklärt sie schließlich.

„Na dann, lasst uns mal sehen, ob er bereit ist endlich mit uns zu sprechen“, schlage ich ungeduldig vor.

Wir machen uns auf den Weg in den Verhörraum, wo Herr Menez bereits auf uns warten sollte. Wie es scheint hat er sich mittlerweile auch schon einen Anwalt besorgt, was für mich ja gewissermaßen ein Schuldeingeständnis ist.

Warum sollte er einen Anwalt hinzuziehen, wenn er unschuldig wäre?

„Übrigens, ich habe mit Rudi nochmal gesprochen, er hat keinerlei DNA-Spuren an der Leiche des

Opfers gefunden. Also wenn er kurz vor seinem Tod mit jemandem intim war, dann hat er vermutlich anschließend geduscht oder sein Partner hat darauf geachtet, dass er keinerlei Spuren hinterlässt“, erklärt Simone.

„Und in der Wohnung wurden auch keine fremden Spuren gefunden?“, hake ich nach.

„Da gibt es bessere Nachrichten. In der Wohnung von Herrn Miethaner haben wir auch Fingerabdrücke von Herrn Menez gefunden.“

„Das ist doch schon mal was“, entgegne ich zufrieden.

„Zumindest kann er nicht mehr abstreiten, dass er das Opfer gekannt hat“, wirft nun Hansi ein.

Als wir an der Tür zum Verhörraum ankommen, lege ich meine Hand auf die Klinke. Bevor ich sie drücke wende ich mich nochmal meinen Kollegen zu.

„Jetzt bin ich ja wirklich mal gespannt, was er dazu zu sagen hat.“

Der Anwalt sitzt schon neben Herrn Menez und die beiden scheinen schon eine Weile auf uns zu warten. Herrn Menez Miene zeigt deutlich, wie sehr ihm der Aufenthalt bei uns missfällt. Sicherlich kann er sich bereits denken, dass wir von seinem Drogenkonsum wissen.

Nach einer knappen Begrüßung, kommen wir gleich zum Punkt.

„Um es kurz zu machen, Ihr Drogentest war positiv. Außerdem haben wir Ihre Fingerabdrücke in der Wohnung von Herrn Miethaner gefunden. Wie wäre es, wenn Sie uns mal erzählen würden, in welcher Beziehung sie zu Herrn Miethaner gestanden haben?“

Bei meiner Frage presst der Mann seine Lippen aufeinander und wendet seinen Blick ab. Das darf doch nicht wahr sein. Der Kerl will sich doch nicht weiterhin in Schweigen hüllen.

„Mein Mandant streitet gar nicht ab, dass er Herrn Miethaner gekannt hat. Die beiden waren befreundet, mehr nicht“, antwortet der Anwalt für seinen Mandanten.

„Dann waren sie aber wohl sehr gut befreundet. Immerhin hat Herr Miethaner Ihrem Mandanten regelmäßig sein Auto geliehen“, erwidere ich.

„Das Fahrzeug meines Mandanten war in Reparatur, da hat ihm Herr Miethaner ausgeholfen.“

„Und das gleich über Wochen oder gar Monate?“, hakt Simone misstrauisch nach.

„Es war ein etwas größerer Schaden. Außerdem hat er sich das Fahrzeug lediglich einmal wöchentlich geliehen.“

„Dann gibt es ja bestimmt eine Werkstattrechnung dafür“, wirft nun Hansi ein.

Der Anwalt sieht zu seinem Mandanten. Herr Menez schüttelt knapp mit dem Kopf.

„Es wurde wohl von einem Bekannten repariert, was auch die Zeitverzögerung erklärt“, versucht der Anwalt die Sachlage zu erklären.

„Soweit wir wissen, hatte Ihr Mandant ein Verhältnis mit Herrn Miethaner“, werfe ich in den Raum.

Natürlich ist uns nichts dergleichen bekannt, aber das wissen die beiden ja nicht. Außerdem bin ich mir ziemlich sicher, dass dies der Grund war, warum Georg dem Kerl sein Auto ständig geliehen hat.

Erneut sieht der Anwalt fragend zu seinem Mandanten. Dieser presst seine Lippen aufeinander und schweigt weiterhin eisern.

„Woher haben Sie denn eine derartige Aussage?“, fragt der Mann im Anzug schließlich.

„Das können wir leider nicht preisgeben. Uns wurde die Information unter der Bedingung anvertraut, dass der Name nicht veröffentlicht wird“, lüge ich dreist.

Ich hoffe mal, dass der der liebe Gott mir meine kleinen Notlügen vergibt. Aber in solchen Fällen heiligt der Zweck einfach die Mittel.

„Herr Menez, wenn Sie sich kooperativ zeigen, dann wird Ihnen dies auf jeden Fall positiv angerechnet“, versucht es nun Simone.

Der Anwalt sieht seinen Mandanten fragend an. Wie es scheint, haben die beiden eine Art stumme Verständigung vereinbart, denn in diesem Moment verengt Herr Menez seine Augen und schüttelt entschlossen den Kopf.

„Mein Mandant war lediglich mit Herrn Miethaner befreundet. Es gab keine Beziehung“, erklärt der Anwalt daraufhin.

„Das glauben Sie doch selber nicht“, ruft Hansi aufgebracht.

Zuerst blickt er finster zu Herrn Menez, der sich jedoch völlig unbeeindruckt gibt. Er reckt das Kinn und sieht einfach zur Seite.

„Ich würde vorschlagen, Sie setzen meinen Mandanten auf freien Fuß. Es sei denn, sie haben handfeste Beweise, die eine Untersuchungshaft rechtfertigen.“

Der Anwalt hebt seine Mundwinkel zu einem überheblichen Lächeln. Trotzdem werde ich das Gefühl nicht los, dass der Mann mit der Entscheidung seines Mandanten, sich nicht zu äußern, nicht so ganz zufrieden ist.

„Eine Nacht werden wir ihn wohl noch hierbehalten und ich bin sicher, dass wir bis morgen stichhaltige Beweise in Händen halten, die vielleicht sogar für eine Anklage reichen. Dann wird es allerdings für ein Geständnis zu spät sein.“

Bei meinen Worten versichert sich der Anwalt erneut bei seinem Mandanten mit einem Seitenblick, dass dieser unser Angebot nicht annehmen möchte. Weiterhin wirkt er verbissen und unnachgiebig, was meine Hoffnung, dass wir endlich erfahren, wie mein Freund gestorben ist, schwinden lässt.

„Wie gesagt, es gibt nichts was mein Mandant gestehen könnte. Er war einfach nur mit Herrn Miethaner befreundet, mehr nicht."

Ich beiße meine Zähne fest aufeinander, so dass meine Kiefer knacken. Dieser Fall verlangt mir wirklich einiges ab.

18. Kapitel

15. März, nachmittags halb drei in Straubing

Den Tag haben wir damit verbracht, Familie und Freunde von Herrn Menez zu befragen. Keinem von Ihnen hat er offensichtlich erzählt, mit wem er sich privat getroffen hat. Jetzt bleibt noch sein Mitbewohner, den wir bisher noch nicht erreicht haben. Allerdings sollte der junge Mann jeden Moment von der Arbeit heimkommen. Daher warten wir vor der Wohnung auf ihn.

„Ich glaube da kommt er“, sagt Simone schließlich, als ein junger Mann mit langen, blonden Haaren sich dem Mehrfamilienhaus nähert.

„Ja, das könnte er sein“, stimme ich ihr zu und steige aus dem Wagen.

Als er bemerkt, dass wir direkt auf ihn zusteuern, sieht er uns stirnrunzelnd an.

„Sind Sie der Mitbewohner von Herrn Menez?“, rufe ich ihm zu.

Er bleibt stehen und nickt.

„Ja, wieso?“

„Wir hätten ein paar Fragen an Sie“, antwortet ihm Hansi, während Simone ihren Dienstausweis zückt und ihn ihm entgegenhält.

„Polizei?“, fragt er irritiert und mit deutlicher Nervosität in der Stimme.

„Keine Sorge, wir sind nicht wegen Ihnen hier“, entgegnet ihm Simone beruhigend.

Sie hat die Gabe Emotionen der Menschen spüren zu können und reagiert auf diese immer prompt. Das ist in unserem Beruf definitiv ein Vorteil, denn damit weiß sie genau, wie sie mit den einzelnen Menschen umgehen muss.

Sofort beruhigt sich der junge Mann, das kann man deutlich sehen.

„Worum geht es dann?“, fragt er sichtlich entspannter.

„Um Ihren Mitbewohner, Herrn Menez“, antwortet ihm Hansi.

„Ist ihm etwas passiert?“

Tiefe Besorgnis ist in seiner Stimme zu hören. Wie es scheint stehen die beiden sich doch recht nahe.

„Nein, keine Sorge. Er ist wohlauf“, antworte ich ihm.

„Aber ich habe ihn schon seit gestern Vormittag nicht mehr gesehen“, erwidert er.

Wie es scheint, hat er sich darüber schon gewundert.

„Ist das ungewöhnlich?“, hake ich nach.

„Es ist nicht ungewöhnlich, dass er über Nacht weg ist, aber in den frühen Morgenstunden kommt er normalerweise immer nach Hause.“

„In welcher Verbindung stehen Sie zu Herrn Menez?“, fragt Simone ihn mit gerunzelter Stirn.

Wenn sie so dreinsieht, dann hat sie für gewöhnlich einen Verdacht.

Er sieht sich nervös um. Wie es scheint, möchte er nicht, dass die Antwort darauf jemand hört.

„Kommen Sie doch herein, dann können wir uns in Ruhe unterhalten“, schlägt er vor.

Es ist ihm definitiv peinlich mit der Polizei hier gesehen zu werden. Vielleicht möchte er auch einfach nur nicht, dass jemand hört, was ihn mit Herrn Menez verbindet. Wenn ich seine Reaktion richtig deute, dann sind sie nur nach außen eine Wohngemeinschaft.

Als wir die Wohnung betreten, fällt mir sofort auf, dass ich mir eine Männer-WG definitiv anders vorgestellt habe. Hier sieht es fast aus wie die Bilder in einer von Rosis Wohn-Zeitschriften. Meine Frau würde es als geschmackvoll eingerichtet betiteln, doch für meinen Geschmack ist es hier viel zu wenig männlich.

Würde mir jemand sagen, dass hier eine Frau für die Sauberkeit und Dekoration zuständig ist, würde ich es sofort glauben. Alles ist hell und farbenfroh. Außerdem steht da ein Haufen unnützes Zeug rum, das meine Frau als dekorativ bezeichnen würde.

Also zu meiner Zeit, sahen Männer-WGs noch ganz anders aus!

Er bietet uns einen Platz am Küchentisch an und setzt sich zu uns.

„Wie wir schon gesagt haben, sind wir wegen Herrn Menez da. Können Sie uns sagen, in welcher Beziehung Sie zu ihm stehen?“, fragt Simone.

„Offiziell sind wir einfach nur befreundet und wohnen zusammen“, antwortet er.

„Und inoffiziell?“, hake ich nach.

„Wir sind ein Paar und lieben uns“, gesteht er nach kurzem Zögern. „Darum wundert es mich ja auch, dass er sich noch nicht bei mir gemeldet hat. Normalerweise bleibt er nie so lange weg.“

„Sie müssen sich keine Sorgen machen, es geht ihm gut“, sage ich beruhigend. „Wir ermitteln nur gerade in einem Fall, mit dem er etwas zu tun haben könnte. Aber leider gibt er uns keine Auskunft.“

„Was meinen Sie denn bitte mit ermitteln?“, hakt er besorgt nach. „Sie haben ihn doch wohl nicht festgenommen.“

„Er müsste nur mit uns reden, um sich zu entlasten. Dann würden wir ihn natürlich sofort freilassen, wenn sich seine Unschuld bestätigen würde.“

Bei Hansis Aussage runzelt der Mann die Stirn.

„Und warum sagt er dann nicht aus?“, fragt er nach.

„Das wissen wir leider auch nicht. Darum sind wir auch hier. Vielleicht können Sie uns ja weiterhelfen und ihn entlasten“, erwidert Simone und lockt ihn somit uns behilflich zu sein, indem sie ihn glauben lässt, dass er dadurch seinem Freund helfen würde.

„Dann fragen Sie, ich werde Ihre Fragen beantworten, wenn ich Jose damit helfen kann“, entgegnet er.

„Wissen Sie in welcher Beziehung Herr Menez zu Herrn Miethaner stand?“, frage ich ihn.

„Die beiden waren befreundet“, antwortet er.

„Wissen Sie wie weit diese Freundschaft ging?“

Er runzelt die Stirn.

„Was meinen Sie?“

„Er will wissen, ob die beiden ein Verhältnis hatten“, wirft Hansi leicht genervt ein.

„Natürlich nicht. Jose war mit mir zusammen“, sagt er vorwurfsvoll.

„Dann wissen Sie ja sicherlich auch, dass Ihr Freund sich regelmäßig auf einem Parkplatz mit einem Mann zum Sex getroffen hat, den er dafür bezahlte.“

Bei meiner Aussage sieht er mich wie erstarrt an. Wie es aussieht wusste er davon definitiv nichts.

„Da müssen Sie falsch informiert sein. Das würde Jose mir niemals antun.“

„Wir haben da glaubhafte Aussagen, dass er das sogar wöchentlich getan hat“, versichere ich ihm. „Diesen besagten Parkplatz hat er sogar mit dem Auto von Herrn Miethaner besucht. Wussten Sie, dass er sich von ihm regelmäßig den Wagen geliehen hat?“

„Jose hatte lange Zeit kein Auto, weil ihm das Geld fehlte. Herr Miethaner war so nett und hatte ihm einmal die Woche sein Auto geliehen, um Besorgungen zu machen.“

„Besorgungen also …“, murmle ich. „Ich glaube, das mit den Besorgungen hat er lediglich als Vorwand benutzt.“

Man sieht dem armen Mann an, wie ihm langsam aber sicher klar wird, dass er hinters Licht geführt wurde und sein Freund ihn die ganze Zeit belogen hatte. Mit etwas Glück wird er sich aufgrund dessen von ihm abwenden und uns ein paar Geheimnisse preisgeben, die uns helfen den Mann zu überführen.

Mittlerweile bin ich mir sicher, dass Herr Menez etwas mit Georgs Tod zu tun hat, sonst würde er sich nicht so vehement wehren mit uns zu kommunizieren. Warum sollte er uns nicht sagen, dass er mit ihm ein Verhältnis hatte, wenn er nicht noch etwas anderes zu verbergen hätte?

„Ich habe geahnt, dass da mehr war, als er zugeben wollte. Aber immer, wenn ich ihn darauf angesprochen habe, dass ein Mann ihm nicht einfach sein Auto leihen würde, ohne dafür eine Gegenleistung zu erhalten, dann hat er das abgestritten. Er hat beteuert, dass dieser Georg einfach nett und hilfsbereit wäre.“

Tränen steigen ihm in die Augen und er ist sichtlich geschockt über die neuen Informationen, die seinen Freund und Mitbewohner betreffen.

„Was ist denn mit diesem Georg passiert?“, fragt er schließlich nach einer Weile.

„Wie kommen Sie darauf, dass mit ihm etwas passiert wäre?“

„Sie wären nicht hier und würden gegen Jose ermitteln, wenn es nicht so wäre.“

Blöd ist der Kerl jedenfalls schon mal nicht. Daher wundert es mich, dass er sich von seinem Freund so lange hinters Licht hat führen lassen.

„Er ist tot und wir wollen herausfinden, wie genau er gestorben ist“, gestehe ich, denn schließlich müssen wir ihm Informationen geben, wenn wir auch von ihm welche haben wollen.

„Waren Drogen mit ihm Spiel?“, fragt er.

„Ja, woher wissen Sie das?“, entgegne ich neugierig.

Wie es aussieht, weiß dieser Mann mehr, als er uns bisher preisgegeben hat. Aber nun, da er erfahren hat, wie sehr er hintergangen und betrogen wurde, ist er vielleicht bereit sein Wissen mit uns zu teilen.

19. Kapitel

15. März, abends halb fünf in Straubing

Als wir die Wohnung von Herrn Menez und seinem Mitbewohner verlassen, sind wir alle drei überaus schweigsam. Vermutlich dauert es eine Weile, bis wir diese Neuigkeiten verdaut haben. Am besten scheint es noch Simone wegzustecken.

Erst im Auto, nachdem wir die ganzen Informationen ein paar Minuten sacken lassen konnten, findet Hansi als erster seine Stimme wieder.

„Ich glaube, so ganz verstanden habe ich den Kerl jetzt nicht", brummt er, während er den Wagen durch die Straßen von Straubing lenkt.

„Was meinst du denn?", hakt Simone nach.

„Die Sache mit dem Koks. Er sagte doch, dass dieser Jose sich vorzugsweise das Zeug auf sein bestes Stück gestreut hat und dann den Partner beim Sex damit high machte …"

„Und was hast du da jetzt nicht verstanden?", fragt Simone nach.

Ich kann mir schon sehr gut vorstellen, was Hansi meint. Immerhin habe ich auch eine Weile gebraucht, bis mir klar wurde, was genau der Mann uns damit sagen wollte. Einzig sein verzweifelter Versuch es so gut wie möglich zu umschreiben, ohne es auszusprechen, ließ mich schließlich die richtigen Schlüsse ziehen.

„Na, hat der ihm das Zeug von seinem besten Stück mit der Nase hochgezogen oder wie? Ich dachte Koks wird geschnupft."

Ich sehe mich zu Simone um, die amüsiert ihre Mundwinkel hebt und mir mit dem Kinn zunickt, was wohl bedeutet, dass ich Hansis Rätsel aufklären soll.

„Kokain kann über alle Schleimhäute aufgenommen werden, nicht nur durch die Nase", sage ich schließlich und hoffe eingehend, dass es keiner weiteren Erklärung mehr bedarf.

Mit einem Seitenblick sehe ich allerdings, wie Hansi seine Stirn runzelt. Das bedeutet dann wohl, er steht wieder mal auf dem Schlauch und ich kann nun dafür sorgen, dass er einen Schritt macht, um dies zu ändern.

„Dann hat er es ihm also von seinem besten Stück geleckt?", hakt er nach.

„Entweder dass, oder …"

Ich breche den Satz ab, und bete, dass ich es nicht noch weiter ausführen muss.

Er wirft mir einen Seitenblick zu und offensichtlich spricht meine Miene in diesem Moment Bände, denn plötzlich wirkt sein Gesicht, als hätte er eine Erleuchtung.

„Ach, du meinst …“ Mit plötzlich angewiderter Miene sieht er auf die Straße. „Oh nein, das will ich mir lieber nicht vorstellen.“

Er schüttelt den Kopf und presst seine Lippen fest aufeinander.

„Du tust ja gerade so, als hättest du noch nie etwas von Analverkehr gehört“, sagt Simone vom Rücksitz und ich weiß, dass sie dies nur tut, um Hansi weiter zu piesacken.

Es gefällt ihr, dass er sich nun angewidert schüttelt.

„Natürlich weiß ich was das ist, aber deswegen kann ich mich mit der Vorstellung auch nicht anfreunden“, entgegnet er vorwurfsvoll.

„Ist ja jetzt egal“, versuche ich vom Thema abzulenken, denn über das, wie Georg vielleicht mit dem Kokain vergiftet wurde, haben wir jetzt genug geredet. „Jetzt stellt sich die Frage, ob es Mord, Suizid oder ein Unfall war. Wenn Herr Menez Vergnügen an dieser Form der Drogengabe fand, dann wäre es gut möglich, dass er es auch bei Georg auf diese Weise getan hat. Das womöglich ohne das Wissen meines Freundes.“

„Wenn wir Herrn Menez mit der Aussage seines Mitbewohners konfrontieren, dann wird er vielleicht einbrechen und uns alles erzählen“, sagt Simone hoffnungsvoll.

„Dann sollten wir das gleich noch tun“, schlage ich vor.

„Nein, wir lassen ihn noch eine Nacht in der Zelle schmoren. Somit erhöhen wir unsere Chancen, dass er redet“, erwidert Simone. „Außerdem sollten wir uns ein Konzept überlegen. Er muss glauben, dass wir genügend gegen ihn in der Hand haben.“

„Was haltet ihr davon, wenn wir noch was Trinken gehen und uns da einen Schlachtplan überlegen?“, schlägt Hansi vor.

„Das ist doch eine gute Idee“, stimmt Simone sofort zu.

Ich zögere noch, denn eigentlich möchte ich so schnell wie möglich aus Herrn Menez herausquetschen, was genau mit Georg geschehen ist. Mittlerweile bin ich nämlich der festen Überzeugung, dass der Mann mit Georgs Tod etwas zu tun hat.

Es ist gut möglich, dass Georg selbst Drogen genommen hat, doch die Überdosis hat er sicherlich Herrn Menez zu verdanken. Vielleicht war es Absicht oder einfach nur ein Versehen. Doch wie auch immer, er war am Tod meines Freundes beteiligt.

„Ramsauer, wir dürfen nichts überstürzen. Wenn wir unseren Vorteil verspielen und Herr Menez weiß, dass wir nichts gegen ihn in der Hand haben, dann wird er niemals reden“, sagt Simone, als sie mein Zögern bemerkt.

Ich drehe mich zu ihr um und sie nickt mir auffordernd zu. Nach einem tiefen Atemzug stimme ich schließlich ihrem Vorschlag zu.

„Also gut. Ich hoffe wirklich, dass der Plan funktioniert."

Hansi lenkt den Wagen auf den Parkplatz einer Pizzeria.

„Ich habe jetzt Hunger und außerdem kann man mit vollem Magen besser denken", sagt Hansi, als er den Motor abstellt.

Auch wenn Pizza nicht unbedingt zu meinem Lieblingsessen zählt, ist es besser, als irgendein Gemüseauflauf, der vermutlich zu Hause auf mich wartet. Daher nehme ich den Vorschlag gerne an. Wenn es dann noch dazu dient, dass wir einen vermeintlichen Mörder festnehmen können, dann gibt es nichts mehr daran auszusetzen.

Wir steigen aus und gehen auf den Eingang zu. Leider sind wir zu früh dran, denn das Restaurant öffnet erst um fünf. Das bedeutet wir müssen noch fast eine viertel Stunde vor der Tür warten.

„Musstest du dir denn unbedingt ein Restaurant aussuchen, dass erst um fünf öffnet?", fragt Simone vorwurfsvoll.

„Woher hätte ich das denn wissen sollen", erwidert er entschuldigend. „Ich weiß nur, dass man hier gut essen kann."

In diesem Moment kommt ein Mann auf das Restaurant zu, der einen Schlüssel zückt. Entweder es ist der Besitzer oder ein Angestellter. Wie auch immer, er sperrt die Tür auf und lässt uns vorab schon ein.

„Die Küche ist zwar noch nicht besetzt, aber ihr könnt ja schon einmal einen Blick in die Speisekarte werfen“, schlägt er uns vor.

„Bekommen wir denn schon was zu trinken?“, frage ich ihn.

„Ja natürlich. Was darf ich euch denn bringen?“

„Also ich brauche jetzt eine Halbe Bier“, seufze ich und Simone stimmt mir zu.

Hansi bestellt sich ein alkoholfreies Weißbier, schließlich muss er noch Auto fahren.

„Wie wollen wir den Kerl jetzt morgen zum Reden bringen. Gibt es da Vorschläge?“, frage ich die beiden.

Im Gegensatz zu ihnen habe ich meine Nase nicht in der Speisekarte vergraben. Ich habe wirklich ein Faible für gutes Essen, aber im Moment ist mir Georgs Fall wirklich wichtig.

„Können wir erst noch das Essen aussuchen?“, fragt Hansi vorwurfsvoll. „Wir haben schließlich noch den ganzen Abend Zeit, um Pläne zu schmieden.“

Ich werfe ihm einen vorwurfsvollen Blick zu, lasse mich aber dann doch schnell überzeugen, als mein Magen ein Knurren von sich gibt. Hansi nickt zufrieden, als ich die Speisekarte öffne und einen Blick hineinwerfe.

20. Kapitel

16. März, morgens halb neun in Straubing

Jetzt ist es also soweit, unseren Plan in die Tat umzusetzen. Dabei besteht der Plan vorwiegend daraus, dass wir Herrn Menez eine Lüge auftischen. Wir wollen ihm weismachen, dass wir einen Zeugen haben, der ihn schwer belastet. Das Angebot, dass er nun die letzte Möglichkeit hat, uns von sich aus, die Wahrheit zu sagen, sollte ihn dazu bewegen, endlich den Mund aufzumachen.

Als ich jedoch im Revier ankomme, kommt Simone schon aufgeregt auf mich zu, während Hansi direkt hinter ihr läuft.

„Gut, dass du da bist“, sagt sie aufgeregt. „Der Anwalt von Herrn Menez hat sich gemeldet. Sein Mandant möchte eine Aussage machen.“

Mein Kinn klappt überrascht auf. Damit habe ich jetzt nicht mehr gerechnet. Unglaublich, was so eine Nacht in einer Zelle bewirkt.

„Was hat denn seine Meinung plötzlich geändert?“, frage ich neugierig.

„Vielleicht hat ihm ja sein Anwalt gut zugeredet“, entgegnet Hansi schulterzuckend.

„Das werden wir gleich herausfinden“, sagt Simone drängend.

Wir machen uns auf den Weg zum Verhörraum, wo Herr Menez und sein Anwalt auf uns warten. Wenn ich mich nicht irre, hat sich die Miene unseres Verdächtigen im Vergleich zu gestern geändert. Es wirkt nicht mehr so abweisend und stur, wie noch gestern. Vielleicht hat er sich ja wirklich entschlossen, die Wahrheit zu sagen.

„Sie wollen also eine Aussage machen?“, fragt Simone Herrn Menez, als wir uns ihm gegenüber an den Tisch setzen.

„Mein Mandant hat sich entschieden Ihnen alles zu erzählen, was er weiß“, antwortet der Anwalt.

Mein Blick wandert somit zu Herrn Menez und ich kann es kaum erwarten, bis er endlich den Mund aufmacht. Zuerst breitet sich allerdings Stille im Raum aus und erst als der Anwalt Herrn Menez aufmunternd ansieht, fängt er an zu sprechen. Das ist wohl auch ein Zeichen, dass es dem Einfluss seines Anwalts zu verdanken ist, dass er überhaupt mit uns kommuniziert.

Er schließt für den Bruchteil einer Sekunde seine Lider und holt tief Atem.

„Ich hatte mit Georg ein Verhältnis“, gibt er schließlich zu.

Mehr als diesen kurzen Satz sagt er allerdings nicht. Wir warten eine Weile, in der Hoffnung, dass er diesen Umstand weiter ausführt. Allerdings wirkt

Herr Menez mit der ganzen Situation etwas überfordert.

„Das wissen wir bereits“, sage ich schließlich, auch wenn das nicht ganz der Wahrheit entspricht.

Aber ich war mir dessen überaus sicher, denn alle Anzeichen sprachen dafür und sogar sein Freund und Mitbewohner hat dies zum Schluss bestätigt.

„Er hat mir auch regelmäßig sein Auto geliehen, mit dem ich auch einmal wöchentlich den Parkplatz aufgesucht habe“, erzählt er schließlich weiter.

Auch das ist nichts Neues für uns, denn das hat uns Herr Keller ja schon bestätigt. Interessant wird, ob er am Todestag mit Georg zusammen war. Die Frage brennt mir auf der Zunge, allerdings lasse ich ihm etwas Zeit. Vielleicht erzählt er uns ja von sich aus davon.

„Sie haben mich gefragt, ob ich an besagtem Tag mit Georg zusammen war“, sagt er schließlich seufzend.

Erwartend sehe ich ihn an, denn jetzt wird es wirklich interessant. Habe ich mich geirrt oder hatte ich den richtigen Riecher und der Kerl ist Georgs Mörder?

Er schluckt schwer.

„Wir waren an diesem Abend zusammen und hatten eine Menge Spaß. Wir hatten zu viel Alkohol getrunken und ich wusste nicht, dass er an diesem Tag schon etwas genommen hatte.“

„Mit etwas, meinen Sie Drogen?“, hake ich nach.

Er nickt.

„Hätte ich das gewusst, dann …"

Er bricht seine Erzählung ab und sieht starr auf seine Hände, die er auf dem Tisch gefaltet hat.

„Dann?", hake ich ungeduldig nach, als er nicht weiterspricht.

„Dann hätte ich ihm kein Kokain verabreicht", gesteht er schließlich.

„Sie haben das ohne Herrn Miethaners Wissen getan?", hakt Simone nach.

Erneut nickt der Kerl und eine tiefe Erleichterung durchfährt mich, als er dies gesteht. Jetzt weiß ich endlich, dass Georg keinen Selbstmord begangen hat.

„Wir haben das manchmal so gemacht und an diesem Abend dachte ich, ihm damit eine Freude zu bereiten. Wie hätte ich wissen sollen, dass ich ihm auf diese Weise eine Überdosis verabreichen würde?", fragt er niedergeschlagen.

Es sieht aus, als hätte er Georg tatsächlich nicht absichtlich getötet. Dennoch war er es, der für den Tod meines Freundes verantwortlich ist. Selbst wenn dies vermutlich sowas wie ein Unfall war. Ich für meinen Teil, verachte jedoch den Konsum von Drogen. Wie man sieht, ist die Wirkung oft unberechenbar und im schlimmsten Fall sogar tödlich.

„Es war ein schrecklicher Unfall", beteuert sein Anwalt.

Jetzt weiß ich auch, warum Herr Menez plötzlich sein Schweigen gebrochen hat. Sein Anwalt hat ihm dazu geraten, um die Strafe gering zu halten. Das Geständnis wird sich strafmildernd auswirken und da man ihm vermutlich nicht nachweisen kann, dass er ihn absichtlich umgebracht hat, wird es auf Körperverletzung mit Todesfolge oder dergleichen hinauslaufen.

Somit hat er wohl mit dem Geständnis die Hoffnung, mit einer geringen Strafe davonzukommen. Das bringt allerdings meinen Freund nicht zurück.

Die Befragung geht noch eine ganze Weile, doch ich muss zugeben, dass ich nur noch mit einem Ohr hinhöre. Meine Gedanken sind bei Georg und wie leichtsinnig er sein Leben aufs Spiel gesetzt hat, indem er dem Alkohol- und Drogenkonsum gefrönt hat.

Als Simone und Hansi das Gespräch beenden, stehe ich mit ihnen auf und wir gehen zurück in unser Büro. Eine Weile breitet sich Schweigen aus, bis schließlich Simone das Wort ergreift.

„Zumindest weißt du jetzt, wie und warum dein Freund gestorben ist.“

„Und auch, dass er sich nicht selbst umgebracht hat“, wirft Hansi ein.

„Ja, das ist zumindest ein kleiner Trost. Trotzdem wäre sein Tod vermeidbar gewesen“, murmle ich.

„Aber du hättest ihn nicht retten können und auch niemand anderes. Letztendlich war es ein schrecklicher Unfall“, sagt Simone beruhigend.

„Ja, da hast du wohl recht“, stimme ich ihr zu.

Hansi klopft mir aufmunternd auf die Schulter.

„Was hältst du davon, wenn wir heute Abend noch was Trinken gehen?“, fragt er uns.

„Gute Idee, da bin ich dabei. Dann stoßen wir auf die Klärung des Falls an“, stimmt Simone ihm zu.

Beide sehen mich fragend an. Kurz zögere ich, denn im Moment ist mir gar nicht nach Feiern zumute. Andererseits war es letztendlich doch ein Erfolg, denn nie zu erfahren, was wirklich geschehen ist, wäre viel schlimmer gewesen.

„Einverstanden, aber nicht mit einem Selbstgebrannten“, stimme ich schließlich zu.

ENDE

Impressum

Elisa Lark
c/o Werneburg Internet Marketing und Publikations-Service
Philipp-Kühner-Straße 2
99817 Eisenach

E-Mail: elisa-lark@freenet.de

Vielen Dank,

für den ehrlichen Erwerb meines Buches. Ich hoffe die Geschichte um den pensionierten Polizisten Karl Ramsauer hat dir gefallen.

Falls dem so ist, würde ich mich sehr freuen, wenn du dir die Zeit nehmen würdest eine Rezension zu schreiben.

Deine Elisa Lark

Glossar

Kanapee:	Sofa, Couch
Krautwickerl:	Kohlrouladen
Hamperer:	Nichtsnutz
lagg:	abgestanden
Diandl:	Mädchen
Schwammerlsuppe:	Pilzsuppe
Batz:	Dreck
Bissgurke:	anstrengende, nervige Frau
Preiß:	Menschen, die nicht bayrisch sprechen oder nicht aus Bayern kommen
Hallodri:	Weiberheld, hinter jedem Rock her
Sulze:	gebratenes kaltes Fleisch in saurem Gelee

Hundstage:	Tage, an dem es einem schlecht geht
Spezi:	Freund, Kumpel
Watterer:	Kartenspiel
ausschoffen:	Spielzug beim Kartenspiel (Watten)
Hagelstegga:	Gehstock

Wenn ihr wissen wollt, ob der Ramsauer weiterhin auf Verbrecherjagd geht, dann haltet die Augen nach seinem nächsten Fall offen. Infos und Neuigkeiten gibt's auf meiner Facebook-Seite.

Das Böse schläft nie …

In diesem Sinne, bis zum nächsten Mal!

Printed in Poland
by Amazon Fulfillment
Poland Sp. z o.o., Wrocław

91048772R00080